コンプレックスの行き先は

目次

コンプレックスの行き先は

1　波乱の再会

「葉月《はづき》ちゃん、どう？　これから」

終業後、私服に着替えてロッカールームから出てきたところを年配の上司に呼び止められた。手の形はくいっとジョッキを飲む形になっている。飲みに行こうとのお誘いだ。

「ハイハイ！　行きますー！」

顎《あご》の下で切り揃えた茶色いボブの髪を揺らしながら、小山内《おさない》葉月は二つ返事でぴょこんっと飛び上がる。

「嬉しい〜！　お腹ぺこぺこで、一人でどっか食べに行こうと思ってたんで」

「そーかそーか。じゃ、他の皆も誘って行こうかぁ〜」

少しだけ大袈裟《おおげさ》に喜んで見せると、にこにこと嬉しそうな上司は葉月の肩をぽんぽんと叩いた。

世の中の大半のＯＬは、「セクハラ」と感じて目を吊り上げるところなのかもしれないけど……自分に限ってセクハラは絶対にないと思えるから、嫌な気持ちにも当然ならない。

しばらく玄関で待っていると、上司に誘われた男たちがぞろぞろと集まってくる。ほとんどが葉月よりも十歳以上、年上だ。だが葉月は気にすることなく、上司の後をルンルンとついていく。

「角《かど》の焼き鳥屋でいいかな？」

「はい！　もちろん！」

（嬉しい！　あそこのシロは絶品なんだよねえ〜）

途端にお腹がぐうっと鳴りそうになり、慌てて服の上からぎゅっと下腹部を押さえた。

二十四歳の葉月が勤めているのは杉並《すぎなみ》建設という会社の小さな支店で、女性社員がかなり少ない。去年、仕事を教えてくれていた先輩ＯＬが寿《ことぶき》退職してしまうと女性の正社員は葉月のみとなり、他は母親ほどの年齢の短時間パートが数人いるくらいだ。

同じように、若い男性社員もこの支店にはあまりいない。入社した当初は多少がっかりしたけれど……父親のコネを使ってようやく就職できた会社なのだから、文句など言えない。

それに、少しぽっちゃりとしたこの体形では、たとえ若くてかっこいい人がいたって何も変わらないだろう。

若くて紅一点《こういってん》というだけで、オジサマたちは葉月のことをとても可愛がってくれる。彼らに囲まれた職場は、意外なほどに居心地がよかった。

寂《さび》れた雰囲気だが味は抜群にいい焼き鳥屋で、葉月はにこにことオジサマたちにまじって座布団に座る。

「葉月ちゃん、なんでも好きなもの頼みなよ」

「ハイ！　ありがとうございます！」

父親や親戚のおじさんと言ってもいいくらいの年齢の彼らは、ガリガリのモデル体形の美人よりふっくらして愛想のいい子の方がずっといいと言っては葉月を甘やかす。

それにまんまと乗ってしまう自分も、いけないかもしれないけど。

「さあ、葉月ちゃん、来たよ～！」

お通しの長芋と梅肉の和《あ》え物が、葉月の前にコトリと置かれた。

「えへ、じゃあいただきます！」

早速箸《はし》を取り、口をつける。

「ん、美味《おい》し！」

「俺、梅干し嫌いだから、葉月ちゃん食べていいよ」

「お、焼き鳥来たぞー」

運ばれてきた料理が、次々と葉月の前に置かれていく。

「うー、美味しい～！」

空《から》っぽのお腹にしみわたるような美味しさだ。焼き鳥を手に満面の笑みを浮かべる葉月を、オジサマたちはニコニコと見つめている。

「葉月ちゃんは本当、旨《うま》そうに食べるよなあ」

「そんだけ美味しそうな顔で食べてくれたら、こっちも奢《おご》りがいがあるよ」

まるで食べざかりの娘を見つめるかのような温かい視線に、何故だか彼らの期待に応《こた》えなければいけないような気持ちになり――結局次から次へと料理に手を伸ばしてしまう。

（ああ……だから私、痩《や》せられないんだよなぁ……）

「こんなにたくさん食べたら、また太っちゃう……」

ぽつりと呟くと、葉月を誘った上司が驚いたようにこちらを見た。

「葉月ちゃん、痩せたいの？」

「そりゃ、痩せたいですよ！　一応これでも、お年頃の女の子なんですから！」

「そんな必要ないよ〜」

にこにこと微笑むのは、向かい側に座っている山下《やました》だ。彼は三十代前半で、一応この支店の中では若手に分類されるが、すでに結婚しており二児の父親でもある。

「男はね、少しくらいぽっちゃりしてる子の方が好きなんだから」

そう言う山下の奥さんが、スレンダーで背の高い美人だということを、葉月は知っている。

「皆さんはそう言ってくれますけどねー、世の中の若い男性は、大抵細くって美人な人を選ぶじゃないですか」

葉月が言うと、バツが悪そうに皆が顔を見合わせた。

「そんなことないよ。なあ？」

「そうとも。いつか葉月ちゃんにもいい男が現れるさ」

「本当ですかあ？」

いつも会社と家を往復するだけの毎日で、たまにこうやって飲みに誘われても、一緒にいるのはオジサマたちだ。行くお店もおしゃれとは言いがたく、味は間違いないが若者なら入るのをためらうような店ばかり。

これでは、出会いなんてあるわけもない。

「ま、いいですけどね。次は黒ごまのアイスを食べようかな～」

「うんうん、そんなこと気にしないでどんどん食べなよ」

ここまで来ると、本当に親戚のおじさんのようだ。苦笑いしつつも、遠慮せずにメニューに手を伸ばす。

食べていると、ちょっとした嫌なことは忘れられる。

葉月は、お腹いっぱいの幸せな気分が何より大好きだった。弱い人間なのかもしれないけれど、この幸福感から逃げることができない。

(でも、いいの。これが私の幸せなんだもん)

葉月は、運ばれてきたばかりの焼きおにぎりをぱくりと頬張った。


「葉月ちゃん、ゴメン。お茶淹《い》れてもらってもいい？　取引先の営業の人が来てるんだ」

翌日、パソコンに向かって一心不乱にデータ入力をしていると、背後から山下に声をかけられた。

「丸山《まるやま》さんに頼もうと思ったんだけど……ちょっと備品を買いに行ってるみたいでさ」

お客様へのお茶だしは、年配の女性パートである丸山がしてくれることが多かった。正社員の葉月にやらせるのは悪いとでも思っているのか、葉月が立ち上がっても制されることがほとんどだ。

最近はそれにすっかり甘えてしまっている。そのため、来客があったことに全く気付いていなかった。

慌てて壁にかかったホワイトボードを確認すると、「十五時・滝波《たきなみ》メディカル様」と確かに来客の予定が書き込まれていた。

「ご、ごめんなさい！　気付かなくて」

「いいよいいよ」

にこにこと笑いながら山下が応接室に消えていく。反省しつつも急いで給湯室に向かい、手早くお茶の準備をして応接室へ向かった。

「失礼します」

ノックをしてから応接室に足を踏み入れると、山下の向かい側に座る眼鏡をかけた男の人の顔がちらりと見えた。葉月は笑みを浮かべ、俯《うつむ》き加減に会釈《えしゃく》をする。相手の顔はよく見えなかったけれど、スーツの雰囲気からして若そうな感じだ。

コトリとお客様の前に湯呑茶碗を置いた瞬間、頭上から声が聞こえてきた。

「もしかして……小山内？」

「え？」

突然呼ばれた自分の名前に驚いて顔を上げると、目の前の男性が眼鏡の奥の目を見開いて葉月を見つめていた。

さらりとした黒髪に、細いグレーのフレームの眼鏡。デキるサラリーマン風で、クールな雰囲気がかっこいい。

こんなかっこいい人、自分の知り合いにいただろうか？

人違いじゃないかと眉をひそめるようにして首を傾けると、その男は口の端をくっと上げてから眼鏡を外した。

現れた顔を見て、葉月の表情が凍りつく。

「き、木田《きだ》……」

「久しぶり。全然変わってないのな、お前」

木田は一瞬浮かべたニヒルな表情を隠し、営業マンらしく爽やかな笑顔を向けてきたけれど、葉月の顔は引きつったままだ。ゆっくりと眼鏡をかけ直す仕草を、呆然と見つめる。

「あれ？　うちの小山内とお知り合いでしたか？」

相変わらずにこにこ微笑んだままの山下が、そう言った。

「ハイ。小中学校が一緒だったんですよ」

「へえ～、それは偶然ですね！」

山下と木田が穏《おだ》やかに交わす会話に、愛想よく入っていくことができない。

「どうしたの？　葉月ちゃん？」

不思議そうに山下に顔を覗《のぞ》き込まれ、葉月は慌てて意識を目の前の二人に集中させた。

「ひ、久しぶりだね。木田……くん。眼鏡かけてるから、全然わからなかった……。すっかり大人の社会人になっちゃって」

今、自分は自然に話せている？　笑顔は引きつっていない？

心が、どんどん乱れていく。

「お前は変わってないのなー」

「葉月ちゃん、昔からこんな感じなんですか？」

「あー、そうですね。昔っから明るくてムードメーカーで、体形も変わってない」

ははははっと木田が高らかに笑った。

いつもなら、そんな風に言われても「悪かったですね！　ずっと太いままで！」なんて笑い飛ばして、全然気にもとめないのに。

じとっと生ぬるい汗が一筋、葉月の背中を流れた。

「葉月ちゃん、うちの支店では唯一の若い女の子で。皆のオアシスなんですよ」

「へえー、オアシスですか」

木田の目が、意地悪そうに細められた。

（――きっと、バカにしてるんだ。私のこと。昔からちっとも変わってないって……）

悔しさが込み上げて下を向きそうになった時、コンコンと応接室のドアをノックする音が聞こえた。

「山下さん？　来客中に申し訳ないんですが、ちょっと緊急の電話が……」

「え？」

山下が慌てて腰を半分浮かした。

その様子を見た木田が、気さくに言う。

「あ、どうぞ。久しぶりに小山内さんと話をして待ってますから」

「そうですか？　申し訳ありません。それじゃあ葉月ちゃん、ちょっとだけよろしくね」

固まったままの葉月に気付くわけもなく、ぽんっと肩を叩いて山下が応接室から出ていった。途端に室内が沈黙に包まれる。

「久しぶりだな」

「……」

会社の人がいないところでまで、にこやかに話をしなければいけない理由はない。木田の言葉には答えずむっつりと黙ったまま、葉月は視線を床に落とした。

「なんだよ、久々に会った同級生に対して、その態度はないんじゃないか？」

「あの、仕事がありますので、失礼します」

ぺこりと頭を下げて立ち去ろうとしたら、ソファに座ったままの木田がぐっと葉月の手首を掴んだ。

思いがけない行動に驚いて、見ないようにしていた彼の顔をまっすぐに見つめてしまう。

「お前……もしかしてまだ怒ってるの？」

「なんのこと？　心当たりないんだけど」

「じゃあその態度はなんだよ」

「キライだから。木田のこと」

吐き捨てるように言った葉月に、木田がひくりと片方の眉を動かした。

「ほー。仮にも俺は今、取引先の人間でー、仕事の話をつめてる最中なんですけど。社会人のくせに、よくそんな態度が取れるな」

木田の言葉に、ぐっとつまった。

（どうして今日に限って、丸山さんは備品を買いに行っちゃったんだろう……）

そんな見当はずれな恨みさえ湧いてくる。

「放してよ」

ぶんっと肉が揺れるほどに腕を振った。その勢いに負けて木田の手が離れたと同時に、カチャリと応接室のドアノブが回る音が聞こえた。山下が戻ってきたのだろう。

「失礼します！」

「うわっ、葉月ちゃん？」

入ってこようとした山下を突き飛ばすようにして、廊下に飛び出した。商談がどうなろうと、知ったことではない。とにかく、木田の視線が届かないところへと行きたかった。

お盆を戻すために給湯室に向かいながら、込み上げる涙をぐっと堪《こら》える。

だめだ。いつも明るく元気な〝小山内葉月〟で通ってるんだから……突然涙を浮かべるなんて、キャラじゃない。

「おっ！　葉月ちゃん。取引先でもらったお菓子、食べる？」

給湯室の横を通りかかった社員が、立ち尽くす葉月に気付いて声をかけてきた。彼が差し出した手の上には、地方の銘菓《めいか》が載っている。

「あ、ありがとうございます！　嬉しいです」

慌てて、にっこりと笑みを浮かべてそれを受け取った。

本当はちっとも嬉しくなんてなかったけれど、受け取らなかったら皆が心配する。満足気に頷き彼が立ち去った後、大きく深呼吸をしてから、もらったお菓子をポケットに入れて席に戻った。

しばらくして、応接室から戻ってきた山下が心配そうに葉月のデスクへとやってきた。

「さっきはどうしたの？　葉月ちゃん。慌てて飛び出していったけど……」

「え、あ」

うまい言い訳が咄嗟《とっさ》に浮かばず視線を泳がせていると、たたみかけるように山下が口を開いた。

「木田くんもなんか気にしてたみたいな感じだったし……。葉月ちゃん、急に出ていくんだもん」

木田は、何も言ってないらしい。ほっと胸を撫で下ろすと同時に、するすると言葉が口をついて出た。

「実は……お昼を食べすぎちゃったみたいで、急にお腹が痛くなって……恥ずかしくて、出てきちゃったんです」

「あ、そっかぁ。そういうことだったんだ。ごめんごめん」

山下が困ったように眉を下げ、顔の前でひらひらと手を振る。

(太ってる私には……どーせぴったりの理由だよね)

そんなことを考える自分にも嫌気がさし、また涙が出そうになる。

「食べすぎちゃダメだよ」

「えへへ」

安心したようにデスクを去る山下の後ろ姿を、葉月はむなしい気持ちで見送った。

「お先に失礼しまーす」

飲み会の誘いがないことに今日ばかりはほっとしながら、足早に会社を出た。木田の突然の登場で受けたショックは、未だに尾を引いている。葉月はもやもやとした気持ちを抱えながら、駅へと歩いた。

彼のことが嫌いなのではない。ただ、彼のことを思い出すと、忘れてしまいたい過去をどうしても思い出してしまう。

下を向きながらとぼとぼと歩いていると、ふいにププッと車のクラクションの音が聞こえた。

(なんだろう?)

ぼんやりと音のした方に目を向けると、見慣れないシルバーのＲＶ車が停まっていた。周りを見渡しても自分しかいないが、心当たりはない。きっと人違いだろうと思ってスタスタと通りすぎようとすると、助手席の窓がするすると開いた。

「おい！　小山内！」

聞き覚えのある声に、ドキリとする。恐る恐る視線を向け、その声の主を確認した葉月の身体は一瞬で凍りついた。

「木田……」

「今終わりか？　乗れよ」

「……」

無視無視。葉月は聞こえなかったフリをして、さっきまでとはうって変わり速いスピードで歩き出した。

「オイ！」

ププーッと長いクラクションが鳴らされたが、立ち止まる気はさらさらない。どんどん先に行く葉月に業《ごう》を煮やしたのか、バンッと車のドアを閉める音が聞こえ、背後から力強く肩を掴まれた。

「待てって」

「……放してよ」

自分でも驚くほど低い声が出た。ここは会社の近くだし、なるべく目立ちたくない。

「まあいいからさ。付き合えよ、メシ」

何をもって、「まあいいからさ」という言葉が出るのだ？　カチンときて、肩にかけられた手を勢いよく払った。

「行かない。なんで私が木田とご飯食べなくちゃいけないの」

「いいだろ。同級生との久々の再会なんだから。旨《うま》いとこ連れてってやるよ」

「食べ物でつらないでよ！」

「好きだろ？　食べるの」

「私だって食べたくない時くらいある！　アンタとなんて、何も食べたくない！」

言うだけ言ってさっさと歩き出すと、さすがに木田も諦めたのか車のドアを閉める音が聞こえた。

その音に、ほっとする。何の気まぐれで葉月を食事に誘おうなどと思ったのか知らないが、そんな血迷った行動に巻き込むのはやめてほしい。

すっかり安心して歩調を少し緩《ゆる》めた時、再び葉月の横に車が並び、耳をつんざくようなクラクションが鳴り響いた。

「わっ！」

周囲の人が、何事かと葉月に視線を投げかける。それに耐えかねて慌てて走り出しても、木田の車は葉月の隣にぴたりとついたまま、クラクションを高らかに鳴らし続ける。

「わ、わかったから!!」

思わず駆け寄り助手席の窓をバンバンと叩くと、ようやくクラクションが止まった。

「じゃ、どうぞ？」

ニヤリと笑って車の中から助手席のドアを開ける木田。そんな彼の顔を睨《にら》みつけ、葉月はしぶしぶと車内に身をすべり込ませた。


どこかのファストフードかファミレスにでも連れていかれるのだろう。そう思っていた葉月の予想は見事にはずれ、木田の車は高級そうなホテルの前にぴたりと止まった。ドアマンがにこやかに車のドアを開けてくれる。車から降りホテルを見上げると、そこには誰もが知っているような老舗《しにせ》高級ホテルの名前があった。

「あ、あの、木田？」

「なんだよ。びびってんのか？　その年でホテルに食事へ来たことがないわけじゃないだろ」

そりゃあ葉月も社会人になって二年目。付き合いや接待でホテルのレストランや料亭を利用したことくらいはある。けれど……プライベートでは完全に初めてだった。

だからって、そんな言い方はない。

むっとして立ち止まった葉月の手を、木田がすっと取った。

「行くぞ」

「あ、ちょっと」

放して——

そう言いたかったのに、彼の手は意外にも優しくあたたかくて、すっかりタイミングを逃してしまった。

エレベーターに乗り込み、木田の斜め後ろに立つ。どうしてこんなことになっているのだろう。

そっと前に目を向けると、思いのほか彼の背が高いことに気付いた。中学の時バレー部に所属していた彼は、確かに長身だった記憶があるけれど……こんなに見上げるほど背が高かっただろうか。

「ねえ、木田ってこんなに背が高かったっけ？」

「……あぁ？」

木田は何故だか不愉快そうに、こちらを振り向いた。

「身長は中三の時からほとんど変わってねぇよ。……お前、俺に興味がないから知らなかったんだろ」

「な、何その言い方。当たり前でしょ！」

思わず唇をいーっと横に開く。

（なんなんだ、この男……）

ふと視線を落とし、まだ手を繋いでいることに気付く。葉月が振りほどこうとした瞬間、木田の手に力が入った。

「残念。鈍《にぶ》いな、お前」

「う、うるさいな！　大体なんで手なんか握ってるのよ！」

「握りたいから」

「はあ？」

しれっと口にされた言葉に、不本意ながら顔が火照《ほて》った。

「ア、ア、ア、アンタね……」

「着いたぞ。こんなとこでギャーギャー騒いでたら目立つ」

チーンと軽やかな音を立ててエレベーターが止まった。音もなく静かに開いた扉の向こうにはレストランがあり、その前には黒服の店員が立っている。あきらかに、葉月が普段オジサマたちと利用する居酒屋とは、格が違う。

（一応スーツだし、場違いってことはないよね……）

手を繋いでいない方の手で慌ててコートの裾を直していると、くくっと木田が笑ったのがわかった。

「……何よ」

「いや別に」

すました顔の木田は、スタスタとレストランに向かって歩いていく。自然と彼の手に引っぱられる形になり、よろめきつつその後ろに続いた。

「予約していた木田です」

「お待ちしておりました。こちらへどうぞ」

予約？　ウエイターに誘導される木田の後に続きながら、その言葉の意味を考える。

案内された席は夜景のよく見える窓際で、二人掛けのテーブルには「予約席」の札が置かれていた。店の中でも一番と言っていいくらい見晴らしのいい席を、〝予約〟。その意味を考え、ハッと気付く。

（誰かのために予約してて……フラレちゃった、とか？）

偶然再会した葉月以外、誘う相手がいないとしたら笑えるが、フラレたとなると話は別だ。可哀想な木田に、付き合ってあげてもいいだろう。

「私、今日そんなにお金持ってないよ」

「無理矢理連れてきたのは俺だ。払えなんて言わない」

眼鏡の奥の目が、微《かす》かに細められた。その眼鏡のせいなのだろうか。中学の時はどちらかと言うとガサツな運動系だった彼が、すっかり知的に見える。

目のやり場に困って窓に目を向けると、このシチュエーションにはもったいないくらいの素晴らしい夜景が広がっていた。

ほどなくして、ウエイターが二人の前にシャンパンのグラスを置いた。木田が目の高さへとグラスを掲げたのにつられそうになったが、それをすんでのところで堪《こら》え口へ運ぶ。

彼と、乾杯する理由がない。

「木田、車どうするの？」

「代行でも呼ぶさ」

「……それならいいけど」

元々木田に送ってもらうつもりはなかった。タクシー代くらいの手持ちはあるし、遠慮なくシャンパンを飲む。

シュワシュワと泡立つ黄金《こがね》色の液体を全て喉の奥に流し込んだ彼は、今度は白ワインを注文している。木田との付き合いは中学を卒業すると同時に消滅していたから、こんな風にお酒を飲むのはもちろん初めてだ。

お互いがアルコールを口にしていることに違和感を覚えながら、ちらりと目の前の男を見つめる。そんなにお酒が強いわけではないのか、頬が微かに赤い。それでも、やんちゃな中学生だった彼はすっかり大人の男に変貌していた。

「なんだよ、人のことジロジロ見て。俺のことが気になる？」

「何言ってんの？　別にっ!!」

ふんっと鼻を鳴らして運ばれてきた料理を口にすると、あまりの美味《おい》しさに目を見張った。さすが老舗《しにせ》高級ホテルのレストランなだけあって、味も格別。

「ん〜!! 美味《おい》しい……」

気分は最悪だが、それとこれとは別。とろけてしまいそうだ。もぐもぐと頬を押さえたまま微笑んでいると、今度は木田がじーっとこちらを見つめているのに気付いた。

「な……何よ。どうせ、そうやってたくさん食べるから相変わらず太いんだって言いたいんでしょ?」

「は!?」

「いや……お前、本当に旨《うま》そうに食べるから。可愛いな、と思って」

呆気に取られて、木田を見つめる。

「木田……なんか辛いことでもあったの?」

「別に」

「じゃあ、疲れてるとか」

「健康状態は良好だ」

「……気持ち悪い」

ニヤニヤと口元に笑みを浮かべる木田から目を逸《そ》らした。深く考えないことにしよう。どんなたくらみがあって葉月を誘い、思わせぶりなセリフを言ってくるのかはわからないが、ヤツのペースにのって痛い目にあうのだけはごめんだ。

そう、あの時のように——

葉月は目の前に並んだ料理に集中しようと、ナイフとフォークを握り直した。

「ごちそうさま。とっても美味しかった」

最後に出てきた白桃のムースはとりわけ絶品だった。幸せを噛みしめながら、食後のコーヒーを楽しむ。やっぱり、食べるって幸せ。他の幸せは諦めても、この幸せだけは自分ひとりでも簡単に手に入れられるだけに、やめられそうにない。

「そう。それは良かった」

デザートをキャンセルした木田は、葉月より一足早くコーヒーを飲み終えていた。

「じゃあ、行くか」

「うん」

ほんの少しのためらいはあったが、バッグの中のお財布に伸ばした手を引っこ抜いた。「私も払う」と出かかった言葉を呑み込み、木田がカードで手早く会計を済ませるのを、少し離れた場所から見つめる。

彼の後ろ姿に、胸が疼《うず》いてなんかない。

昔のわだかまりを、忘れちゃいけない――

「あの！」

「ん？」

でも、お礼くらいはちゃんと言わなきゃ。奢《おご》られて当たり前の女の子もいるだろうが、そんな風に彼に思われたくない。きちんとお礼をすることは、社会人としても人としても当然の礼儀だ。

それなのに、会社のオジサマたち相手だと素直に出てくる「ありがとう」が、何故か喉の奥に引っかかる。

「あの、今日、あり……」

「お、エレベーター来た。行くぞ」

タイミングよく到着したエレベーターに乗り込む木田の後を、慌てて追う。

「ちょ、ちょっと待って！」

乗り込んだエレベーターでほっと息をつくと、木田は一階ではなく、どこか別の階のボタンを押していた。てっきり帰るのだと思っていた葉月が不思議そうな顔をすると、木田が壁にもたれかかったまま言った。

「このホテルに、今うちのクライアントが滞在してるんだ。受け取らなきゃいけないものがあるから、付き合って」

「そうなんだ。わかった」

お礼を言うタイミングを逃し、微《かす》かな罪悪感が湧く。

（帰りまでにきちんと言わなきゃ）

俯《うつむ》きながらそんな考えに囚《とら》われていた葉月は、木田が緊張した面持《おもも》ちで下唇を噛みしめていたことに、気付かなかった。

エレベーターを降りたところで待っていようと立ち止まると、木田が怪訝《けげん》な顔で振り向いた。

「どうしたんだ？」

「だってクライアントでしょう？　私ここで待ってるよ」

「……こんなところで待ってたら、怪しまれるぞ。ここ、一応スイートがある階だし」

「え」

キョロキョロとあたりを見回してみたが、人影はない。ホテルの廊下で待ってることって……そんなに不自然なんだろうか。

「ほら、いいから行くぞ」

木田は再び強引に葉月の手を取り、ずんずんと奥に向かって歩いていく。

「ちょっと、だから手……」

「お、ここだ」

部屋番号を確認していた木田が、とある一室の前で急に立ち止まった。

（私はどんな顔をしてりゃいいのよ……）

せめて相手の視界に入らないようにと斜め後ろに立ち、広い背中を見上げる。木田の手がスーツの内ポケットに差し込まれ、そこから金色に輝くカードを取り出した。

（あれって……カードキー？　クライアントの部屋なのに、なんでカードキーを木田が持って……）

そう思った次の瞬間、木田の手に力がこもり、葉月はぐいっと室内へと引っぱり込まれていた。

「わっ!!」

体勢を整える間もなく、ドアがバタンと閉じられる。わけがわからず、葉月はもつれ込むように部屋の中のふかふかの絨毯《じゅうたん》の上に転がってしまった。

「ちょっと！　なんなの⁉」

転がり込んだ部屋を慌てて見回すと、かなり広いリビングの奥に、大きなベッドがある。もしかしたらセミスイートというやつなのかもしれない。

「まあまあ」

にこにこと笑いながら、木田が一度離した手を差し伸べた。思い切り睨《にら》みつけてからその手をパンッと叩くと、木田がふっと小さく息を吐いて微笑む。

――なんで、そんな顔してるの？

状況に混乱しつつも、葉月は木田の表情に釘づけになった。

まるで、ずっと待っていた人に会ったような切ない笑み。ぼうっとその顔を見つめてから、慌てて目を逸《そ》らす。

中学の時に、散々な目に遭《あ》っているのを忘れちゃいけない。葉月が決意を固めていると、彼は葉月と目線を合わせるように身を屈《かが》めた。

「自分に自信のない女って、いいな」

「……は？」

きょとんと木田を見返す。いきなり何を言うのかと、頭の中に「？」マークが並ぶ。しかし数秒後、それは自分を指しているのかもしれないと気付いた。

「それ、どういう意味？」

「そのまんまだよ。お前さ、中学の時もそうだったけど……自分の良さに気付いてない。高校は女子高だし、大学は家政科だったんだって？」

「だっ、だから何よ」

「いや、きっと出会いもなかったんだろうなーと思って」

バカにされているのかと思ったが、葉月の顔を覗《のぞ》き込む木田の顔はなんだか嬉しそうだ。

それでも、小馬鹿にされているような言い方は、全く面白くない。

「あの時みたいにからかうつもりなら、やめてよね。私、帰る」

付き合うのもばかばかしい。勢いよく立ち上がろうとした時、足首に違和感を覚えて思わず前によろめいた。

「いたっ」

素早く木田の身体が動き、ぐらついた葉月の身体を抱きとめた。がっちりとした身体に、どきっとする。

「オイ、足くじいたんじゃないか？　大丈夫か？」

「大丈夫かってねえ！　アンタが急に部屋の中へ引っぱり込んだからでしょう！」

「……悪い。そんなつもりはなかったんだけど、つい。じゃあ責任を取らなきゃな」

「ぎゃっ！」

そう言うなり膝の裏に手を差し込まれ、ぐいっと抱き上げられた。これはいわゆる……お姫様抱っこというやつだ。

「ちょ、やめてよ！　下ろして!!」

「なんで？」

「重い！　重いでしょ！　後から絶対『すげえ重かった』って言うんでしょ！」

「……言わねえよ、そんなこと」

思いがけない木田のセクシーな声色に葉月の身体が強張《こわば》ったのと、そっと優しくベッドに下ろされたのはほぼ同時だった。

「ここか？」

黒いシンプルなパンプスを脱がされ、木田の手が葉月の足首に触れる。

「や、いたっ……」

「捻《ひね》ったのかな。大丈夫か？」

「大丈夫かって大丈夫なわけ……」

怒りにまかせて木田の顔を真正面から見つめた瞬間、その眼差しに言葉が詰まる。

「な……何よ」

「何よって、何がだよ？」

「何がって、だって」

言いかけて慌てて下を向く。

（心底私を心配してるみたいな顔して……どういうつもりよ）

葉月の足首に触れていた木田の手が、わずかに動いた。ぐっと息を呑んで葉月が顔をしかめる。

「ここだな。氷もらって冷やすか？」

「い、いい！　別に大丈夫だから！」

「冷やすなら、ストッキング脱いだ方がいいよな？」

「なっ……冷やすだけなら脱ぐ必要なんてないでしょう⁉」

コイツは何を言っているのだ。

呆れてまじまじと木田の顔を見つめるが、彼の表情は意外にも真剣そのものである。言ってる内容はさておき、どうやら本気のようだ。やがて、葉月の足首に触れていた木田の指が、すうっと上がり、ふくらはぎを撫でてきた。その感触に、ぴくんと背中が震える。

木田は片手でゆっくり眼鏡を外すと、それをシーツの上に軽く放り投げた。眼鏡のない彼の顔に、中学時代の面影《おもかげ》が重なる。

何故だか嫌な予感がして、葉月は木田の手から逃れるようにベッドから身体を起こし、後ずさりをした。しかし木田は、下がった分だけ葉月との距離を詰めてくる。

「木田……どうしちゃったの？　お酒飲みすぎた？　何か辛いことでもあった？」

「こんな状況でも、お前は俺のこと心配するのか」

「だ、だって……おかしいよ、木田」

久々に再会したばかりの彼が、どうしてこんな行動を起こすのかがわからなかった。中学時代だって決して良好な関係を築いていたとは言えず、卒業間近の頃にはむしろ嫌われていると思っていたのに。

「わ、わかった！　せっかくディナーの予約してたのに、彼女にフラレちゃったとか！」

「ここの予約は、お前のためだ。久々の同級生との再会を祝おうと思ったんだけど？」

「は、はぁっ!?」

目の前にいる木田は、あきらかに葉月に対してアクションを起こしている。そこにどんな意味があるのかわからなくて、こっちはパニック寸前だ。

「小山内……俺のこと、嫌い？」

「はっ!?」

突然の言葉に、声が裏返る。

「な、何言ってんの？　どんな意味よ!?」

「そのままの意味だよ。俺のこと嫌いかって」

「き、き、嫌いかって……」

バカ正直に、問われた意味を考えてしまう。

「嫌いとか、す、好きとか……そういう対象じゃないって言うかっ」

「じゃあそういう対象で見て？」

「え……」

目を大きく見開いた葉月のすぐ傍に、木田の顔が迫った。

「わ、ちょ、待った、ちょっと」

「待たない」

壁にべったりと張り付いた葉月の唇に、アルコール臭《くさ》い木田の唇が重なる。

「やっ、んーっ!!」

思わず上げようとした拒絶の言葉は、彼の唇の奥へと吸い込まれていった。

突然のことに思考がついていかない。目の前には木田の顔。開かれたままの彼の目に宿る熱情が怖くて、思わず葉月は目を瞑《つぶ》ってしまった。それをこの行為に対する肯定とでも受け取ったのか、木田の手が葉月の首の後ろに回り、ぐっと顔を固定してきた。

息ができない。

わずかでもいいから隙間が欲しくて唇をずらし口を開くと、まるで待ち構えていたかのように木田の舌が差し込まれる。ぬるりとした感触に、背中が粟立った。

「んっ、や」

非難の声は、深く差し込まれた舌によって遮《さえぎ》られた。熱く濡れた舌が葉月の舌に絡みつく。どうしたらいいかわからず、葉月はただ身を硬くしていた。

ぴちゃりと、水音がした。口を閉じようとしてもできず、竦《すく》んで縮こまった葉月の舌には執拗《しつよう》に木田の舌が絡みつく。頭に回っていた手が優しく後頭部を撫で、ボブの髪をすくいながらするりと葉月の耳の縁《ふち》を撫でた。

「ふっ、ぁ」

吐息と共に身体がびくんと揺れてしまう。すると、何故か木田の舌の動きは一層激しくなった。

ドクドクと全身が脈打ち、次第に頭がぼーっとしてくる。アルコールを飲んだせいもあるのか、置かれている状況をうまく把握できない。

触れ合う唇が、熱くて蕩《とろ》けてしまいそうだ。気持ちいい。今何してるんだっけ。

うっすら目を開いてみると、同じく目を細めて葉月を見つめる瞳があった。真剣な眼差しに目を逸《そ》らせないでいると、ほんの少し唇が離れた。そして、唇をゆっくりと舐められる。

それは、なんだか慣れた仕草で。

(私、何やってんの⁉)

気付くと、葉月は渾身《こんしん》の力を込めて木田の身体を押し返していた。

「いっ、いい加減にしろ‼」

ふいをつかれたのか、意外にも木田の身体はあっさりと離れた。彼は一気に無表情になり、葉月の顔を見つめ返す。

「な、な、何があったか知らないけど、目ぇ覚ませ！」

葉月はぜーぜーと肩で息をしながら木田を睨《にら》みつけた。

「あの時と、お、同じじゃん‼　アンタ、いい年して何やってんの⁉」

「はは、忘れてなかったか」

「忘れるわけ、ないだろうがぁ‼」

ちょうど手元にあった枕を勢いよく投げつけ、ベッドから飛び下りた。途端に足がずきりと痛んだが、気力でなんとか耐える。

「バカっ!!」

床に落ちていたバッグを拾い上げ、よろめきながらも急いで部屋の外に出た。そのままの勢いでエレベーターに駆け込む。木田が追いかけてくる気配はなかったが、「閉」のボタンをガシガシと連打した。

「痛……」

ズキズキと足首が痛む。ようやく下り始めたエレベーターの壁に寄りかかりながら、透明のガラス越しに夜景を見下ろす。

どうして木田はあんなことをしたのか。——考えても答えは一つしか出ない。

(アイツ、また……私のことからかってるんだ)

中学の時と今は違う。それなのに、何故また葉月を選ぶのか。それほど自分は木田にバカにされているのだろうか。

しかも、いくら酒を飲んでたからといって、あんなキスを——

無意識に指で唇に触れ、そこにさっきまで彼の唇が重なってたことを思うと、ぼんっと顔が赤くなった。

熱い唇に、濡れた舌。当たり前のように葉月の口腔に入ってきて、中を妖《あや》しくかき乱した。思い出しただけで、身体が熱くなってくる。あの時葉月の身体を占めていたのは、間違いなく快感だった。

「あああああっ!!　もう、やだ……っ」

誰もいないのをいいことに、エレベーターの壁をごんごんと拳で叩く。

——何やってるんだ。二度もこんなことを、あの男と。

悔しくて滲《にじ》んだ涙が流れそうになるのを、葉月は奥歯を噛みしめて堪《こら》えていた。

2　淡い想いと深い傷

「え、木田もM高志望だったんだ」

「なんだ、小山内もか」

「へえ、珍しいね」

　葉月と木田は小学生からの付き合いだった。小学生の頃は同じクラスだったこともあり、話したり遊んだりしたことも何度かある。とはいえ、中学に入ってからはクラスが違ったため、まともな会話をしたのは中三のこの時が久々だった。

　二人の通う中学から遠く離れた新設校のオープンスクール。当然知り合いなどいるはずないと思っていたため、知った顔を見かけた嬉しさにごく自然に声をかけていた。彼の方でもそれは同じだったのか、一瞬驚いたような顔をしたものの普通に会話をしてくれた。

「ねえ、なんで木田はM高志望なの？」

「……言っていいのかわかんねえけど、従兄《いとこ》がここで働いてるんだ。校風とか、俺に合ってるんじゃないかって薦《すす》められて」

「えっ、もしかして先生？　だったら受験とかめっちゃ有利そう……」

「バカ、違うって」

くしゃりと顔を崩すように笑う。それを見て、とくんと胸が鳴った。どうしたんだ私。そう思いながら、きゅっと胸元を押さえる。

「残念だけど、ただの事務員。きっと何の権限もないだろうな。オイ、次、体育館だってよ」

他に知り合いのいない心細さから、二人はなんとなく行動を共にする。

「お前は？」

「私？　レベル的にもちょうどいいし、ちょっと入りたい部活があって」

「ちょうどいいって……それはギリギリの俺に対する嫌味か」

他愛もない話は意外にもはずみ、それが嬉しくてつい声が大きくなる。

「やっぱ新しい高校だから制服もおしゃれで可愛いし……って、もちろんそれだけじゃないけど」

中学校の制服は、色気も何もないジャンパースカートだった。他校のように腰で折って短くすることもできないし、裾を上げたとしても限界がある。

それに、おしゃれしたくてもできないだけでなく、最近かなり膨《ふく》らんできた胸が強調されるデザインも、イヤで仕方がなかった。

「可愛い制服……か」

木田がちらりと横目で葉月の身体を見た。

「……何よ。どーせ太ってるから似合わないって言いたいんでしょっ」

「なっ、何も言ってないだろ」

葉月は小さい頃からぽっちゃりとした体形だ。周りの大人は「気にすることはない」と言ってくれたが、思春期に突入したこの頃は周囲の友達の細さが羨《うらや》ましくて仕方がなかった。

コンプレックスはどんどん大きくなっていく。それを誤魔化すには、むしろ太っていることをネタにするのが一番楽だった。

「私みたいなデブでも、ここの可愛い制服を着れば少しくらいはマシになるかもしれないじゃん！」

笑いながらわざと明るく言うと、木田は笑うどころか眉をひそめながら葉月をまっすぐに見つめた。

「……ていうか、俺は、お前は別に太ってねえと思うけど」

驚いて息を吸い込んだ。ふ、太ってない？　同級生の男子に、からかわれることはあっても面と向かってフォローされた経験はなかった。「今なんて言った？」と問い詰めたい気持ちを、寸前で堪《こら》える。

「まあ、確かに女子の制服は可愛いよなー」

「で、でしょ？」

顔を仄《ほの》かに赤く染めながら、葉月は無理に作り笑いを浮かべた。

（確か……木田ってバレー部だったっけ）

そういえば一部の女子がこっそりと作成した「付き合いたい男子ランキング」に、木田の名前があったことを思い出した。彼とは中学に入ってからは同じクラスになったことがなかったので、その人気もあまり知らなかった。

（背も高いし顔も悪くないし、私にまで気を遣ってくれる男子なら……そりゃ人気もあるよね）

自分よりはるか上にある横顔を、そっと窺《うかが》う。

骨ばった顎《あご》のラインが、同じクラスの男子たちよりもずっと大人っぽく見える。ぼーっと目を奪われていたら、視線に気付いた木田がふいに葉月を見下ろした。目が合いさらに胸が高鳴る。

「ん？　何？」

「え、べっ別に!!　そうだ、この後まっすぐ帰るなら、どうせ方向同じだし一緒に帰らない？」

「……いいけど」

思いがけず約束ができたことが嬉しくて、下を向いて込み上げる笑みを噛み殺した。

「それならさぁ、駅前でハンバーガー食ってっていい？　腹減って死にそう……」

「えー？　お昼食べたばっかりなのに」

男子とこんなに気楽に話すのは久々だ。小学校が一緒だったとはいえ、ここまで話が自然にできるのも珍しい。嬉しくて、葉月の笑い声は少しだけ大きくなっていた。

それを、チラチラ見ている人たちがいることも知らずに。

長身で高校生と間違えられるくらい大人っぽい木田は、自然と注目を浴びていた。多感なこの時期に、ただ〝一緒に行動をしている〟だけで自分まで注目されるということに、葉月はまるで気付いていなかった。

何事もなく終わったオープンスクールから一週間後、二人が付き合っているという噂がいつの間にか流れていた。

「お前ら、付き合ってるんだってー？」

オープンスクール以来、顔を合わせれば話しかけるようになり、その日も廊下でつい話し込んでいた時だった。

なんだか微妙に注目されてる気がしてあたりを窺うと、ニヤニヤしながらこちらを見ている男子の集団があった。あまりガラがよくない、でも注目度や影響力は高い集団だ。

「何言ってんの!?　志望校かぶっただけで付き合ってるとか、訳わかんない！」

黙り込んだ木田をよそに、ついムキになって反論する。今ならそれが逆効果だとわかるが、その頃はわからなかった。

「志望校かぶったっていうかー、一緒にしたんだろ？　わざわざあーんな遠い学校選んでさぁ。そんなに自分たちだけの世界を作りたいんだあ？」

ニヤニヤ笑いながらからかわれ、かっと顔が赤くなるのがわかった。

「図星かよ！」

そんな葉月を指差し、げらげらと笑い声があがる。

（どうしよう、何か言わなきゃ、何て言えば……）

真っ赤になりながらパニックを起こす葉月の横で、木田が深いため息を吐いた。

「あほくさ。お前、何反応してるんだよ」

がらの悪い集団にからかわれたことよりも、冷たく言い放たれたその一言にぐさりと傷ついた。

「……ごめん」

くるりと踵《きびす》を返して駆け出すと、背後からからかっていた連中の笑い声が聞こえてきた。木田はあの場で、いったいどんな顔をしているのだろう。後ろを振り向けないまま、自分のクラスに駆け込む。

（わかってるけどさ……あんな言い方することないのに！）

たったそれだけのことなのに、その後の授業はひどく落ち込んだ気持ちで過ごした。

放課後、家の近くの公園を横切って帰っていると、出口近くのベンチに木田が座っているのが見えた。鞄を横に置いたまま、一心不乱に本を読んでいる。しばしその姿を見つめた後に、はっとした。

（なんでこんなとこにいるの⁉）

気配に気付いたのか、木田が顔を上げ葉月の方に視線を向ける。それに微笑み返しそうになって、慌てて唇を引き結んだ。彼に会えて嬉しい気持ちを、咄嗟《とっさ》に隠した。

「おう」

ぶっきらぼうにかけられたその言葉で、彼はいつもどおりだということを悟る。葉月はキョロキョロと周りを見回し誰も見ていないことを確認してから、そっと隣に腰を下ろした。

「何読んでるの？」

「……お前に言ったって、わかんないだろ」

「いいじゃん、教えてくれたって……」

思わず口をとがらすと、彼は葉月の膝の上にバサリとパンフレットを置いた。

「何、これ？」

「行きたいって言ってた塾の資料。俺、そこに行くことになったからお前にもやる」

（同じ塾なんて行ったら……ますます何言われるかわかんないじゃん）

パンフレットをパラパラとめくりながら、ちらりと隣を窺《うかが》う。木田は何を考えているのだろう。

葉月の視線を知ってか知らずか、彼は変わらず本に目を向けたままだ。

このままここにいていいのか、それとも礼を言って帰ったらいいのか。

悩みながらじっとベンチに座っていると、スッと木田が立ち上がった。そしてそのまま何も言わずスタスタと公園を出ていく。

「あ……」

待って、とは言えなかった。言ってどうなる、引き留めてどうなる。

（もう少し何か話したかったのに。何も言わずに急に行っちゃうなんて……）

葉月が膝の上に視線を落とした時に、ワイワイと騒がしい声が聞こえてきた。

何事かと視線をそちらに向けると、休み時間に葉月と木田のことをからかってきた連中が連れだって歩いてくるのが見えた。

驚いて身を硬くしていると、一人が葉月に気付き、周りを促《うなが》して近寄ってくる。

「あれ、小山内じゃん～。彼氏はどうした？」

一人の言葉に、品のない高笑いが上がった。むすっとした顔でパンフレットに目を落とし無視していると、からかうことを諦めたのか、退屈そうに連中は去っていった。

「そっか……」

独り言がもれる。奴らが来るのが見えたから、木田はきっと急いで葉月から離れたのだろう。嫌われたわけじゃなかったとほっとする気持ちと、意識しすぎている自分を歯がゆく思う気持ちがせめぎ合う。

一緒にいてからかわれるのは嫌だ。でも、これはなんだか寂《さび》しい。

自分の中のその感情が何なのかは、その頃の葉月には判断できなかった。


気にすることじゃないのはわかっている。でもからかわれるようになって以来、まともに木田とは話ができなくなってしまった。

放課後に校外で木田と顔を合わせる機会だってあったのに、どこかで誰かが見てると思うと話せない。そんな、自意識過剰な年頃だった。悩んだ末、結局塾は木田がパンフレットをくれた塾ではなく、クラスの友達が多く通っていたところに決めた。

話さない分、会えない分、もやもやした気持ちは募《つの》る。

話したい。でも、周りが気になって素直に話せない。

そんな葉月の態度をどう取ったのか、木田も葉月には滅多に話しかけてこなくなった。あきらかに目が合ったのに露骨《ろこつ》に逸《そ》らされることもあった。

それを寂しく思うなんて身勝手にもほどがあったけれど、どうしようもなかった。

(このままあの高校に行ったら、どうなるんだろう……)

同級生でおそらく他に志望者はいない。それでもかまわないと思ってはいたが、唯一の志望者と気まずいままというのはいたたまれない。絶対に行きたいと思っていた志望校が、どんどん色あせて見えてきた。

（志望校、変えようかな）

元々家から遠いこともあって、両親はいい顔をしていなかった。特に母親は、レベルは少し高くなるが家から通うのも楽な女子高に進むことを願っている。その女子高には、三者面談で担任から「もう少しがんばれば、小山内なら大丈夫」と太鼓判を押され、母親は随分その気になっていた。

志望校にこだわっていた理由は「入りたい部活があるから」と「制服が可愛いから」だったが、それすら段々とどうでもよくなってきた。

「どうしよう……」

放課後、図書室で勉強をした帰りに一人廊下を歩く。

誰かに相談しようにも、両親や教師は少しでもランクの高い女子高を薦《すす》めてくるのが目に見えているし、友達に相談するにしても理由を話す勇気がない。

志望校を決める最後の学力テストが好成績だったこともあり、母の望む女子高も狙えるレベルにはなっていた。

あとは自分の気持ち次第だ。

憂鬱《ゆううつ》な気持ちで歩いていると、通りかかった教室から声が聞こえてきた。

「ばーか！　そんなんじゃねえよ！」

（木田の声だ！）

心臓がどきりと鳴り、足が止まった。噂をされるようになってから彼のクラスの前はなるべく通らないようにしていたのに、無意識のうちに近くまで来ていたらしい。

わずかに開いた扉のすぐ手前で、引き返そうかと迷う。

「なんだよ、照れるなよ～」

「お似合いじゃん！」

他の男子のはやしたてるような声が聞こえる。間違いなくからかわれているのは木田で、話の内容は恋愛がらみだとすぐにわかった。いつの間にか、そういうのには敏感になっていた。

（もしかして、また私とのこと？）

だとしたら、一刻も早くここから立ち去らなきゃ――

頭ではわかっているのに、何故だか身体が動かない。

自分とのことかもしれないけれど、そうじゃないかもしれない。木田の恋愛話なら、聞きたいという欲望が勝った。

「一組の小山内……？　どんなやつだったっけ？」

やっぱり出てきた自分の名前に、ぎくっと身体が固まる。

「あれ、お前知らないの？」

「ほらアイツ、手芸部だかで、髪の毛をいっつもてっぺんでおだんごにしてて……」

「あっ、わかった！　あのおっぱいでけーヤツか」

え、と胸に抱いた参考書を握りしめる手に力が入った。

そんな目で男子に見られているなんて、考えたこともなかった。

「中三であの胸のデカさはねーよなー」

「おお。制服着ててもわかるくらい、ボンって感じで。めちゃくちゃ柔らかそう」

「もしかして木田、もう触ったのか？　うらやましいヤツ〜」

「だっ、だから、小山内とはなんでもないって言ってるだろ！」

周りにはやしたてられ、怒ったような木田の声が響く。

「照れるなって！　一緒に歩いてるの見たって言うヤツもいるんだぞー」

「揉み放題だな。俺にも触らせろよ」

廊下で会話を聞きながら、背筋がぞわぞわと寒くなってきた。

（気持ち悪い……）

顔も名前も知らない男子に、そんな風に思われていることが不快でたまらなかった。これ以上盗み聞きを続けるのは、精神的に無理だ。

引き返そうと後ずさりをした時、ひときわ大きな声で木田が言った。

「あんなヤツ、胸がでかいっつうか、ただデブなだけじゃん！」

ぐさり、と胸にトゲが突き刺さった。

（そんな風に……思われてたんだ……）

オープンスクールで言ってくれた『太ってねえと思う』という言葉は、やっぱり社交辞令だったのだ。いい人かもしれないなんて期待をしていただけに、深く傷ついた。

いい人、だけじゃない。それ以上の感情を、葉月の方では間違いなく持っていた。

わけがわからないまま込み上げる涙を堪《こら》え、くるりと方向転換をしたら——

「お前らガキなんだよ。俺、もう帰るわ」

吐き捨てるような木田の声と共に、ガラリと教室の扉が開いた。

今ここで走り去ったら、足音で中にいる男子にも気付かれる。

凍りついたように後ろを向いたまま身体を強張《こわば》らせていると、ぴしゃりと扉を閉める音がした。

続いて聞こえた乱暴な足音は唐突に止まり、「え……」と小さく低い声がした。

木田は、いったいどんな顔をしているんだろう。

『太ってねえと思う』なんてぶっきらぼうに言われ、ときめいたのは、そりゃあこっちの勝手かもしれない。

でも、これはあんまりじゃないか。

悲しい気持ちを打ち消すように、傷ついた気持ちを隠すように、フツフツと怒りが湧いてきた。

(ひと言、文句を言ってやろう。いつものように、『デブで悪かったわね!!』って……)

ノートを抱えたままゆっくりと振り返る。

「お、小山内……」

目を見開いたまま、木田が固まっていた。

ああ、久しぶりに正面から目を合わせている。

込み上げる切なさと共にそう思った後、彼の顔から目が離せなくなった。

振り向いた葉月が目にしたのは、傷ついたみたいな表情の木田だった。

傷ついたのはこっちの方なのに、何故木田がそんな顔をするんだろう――

頭の中がぐちゃぐちゃだ。それを振り払うように、葉月は足音が響くこともかまわず廊下を駆け出した。

後ろで木田が何かを叫んだ気がしたけど、かまわなかった。


(やっぱり、志望校変えよう)

木田のせいではない。これは、自分の意思だ。

幸い成績は順調に伸びているし、志望校の変更は別に変なことじゃない。ギリギリまで迷って志望校のランクを下げたり上げたり、そんなのはよくあることだ。元々両親は家から近い女子高を薦《すす》めてきていたのだし、理由づけならいくらでもあった。

「えみちゃん、S女子狙ってるんだよね?」

「え、もしかして葉月も!? うそ、嬉しい! 一緒にがんばろうよ~」

だいぶ前から女子高を志望していたクラスの友達に声をかけると、彼女は飛び上がらんばかりに喜んでくれた。

(女子高、いいじゃん! 男子からもう変な目で見られることもないし……きっと私に合ってるよ)

制服も、狙っていた高校には負けるが清楚なセーラー服だ。セーラー服も、着てみたいと思っていた。

さり気なく志望校の変更を相談してみると、予想どおり両親や担任は喜んだ。

「葉月には女子高の方が合うと思うのよ～。家から近いからお母さんも安心だし。ねっ、がんばって！」

「うん……」

力強い母親の言葉に、葉月は曖昧《あいまい》に微笑んでみせた。

高校入試が無事に終わった卒業式間近の登校日、もう通えなくなる校舎が名残惜《なごり》しいのか、ホームルームが終わっても教室に残っている人が多い。

もう合否結果の出ている高校も多く、終始和やかなムードだ。葉月が受験した女子高の結果はまだだったが、自己採点ではどうやら合格圏内にいるようで、気持ちに余裕があった。

グループの仲間とダラダラと教室に残っていたが、担任に「お前らそろそろ帰れ」と促《うなが》され仕方なく廊下に出る。

「学校に来るのなんて超めんどくさかったのに、もうすぐ終わりかと思うと名残惜しいもんだねー」

友人の話にうんうんと相槌《あいづち》を打ちながら下駄箱の蓋《ふた》を開けると、自分の靴の上に小さなメモが載っているのが見えた。

ドキリとして周りを窺《うかが》うが、友人たちは葉月に目を向けていない。

「……あ！　そ、そういえば私、まだ部室に物が残ってて、取りに来いって言われてるんだったぁ」

「えー！　葉月、こんなギリギリに何やってんのぉ？」

「取っておいでよ。待っててあげるから」

「え、あ、でも顧問の先生ともちょっと話したいし……ごめん！　今日は先に帰ってて！」

呆れる友人達をおいて、パタパタと廊下を走り出した。

『話がある。視聴覚室で待ってる』

名前は書いていなかったけれど、その文字には見覚えがあった。オープンスクールで名簿に名前を書いていた時、すごく綺麗な字だと思ったのを覚えている。

（絶対、木田だ！　今さら、なんなの……？）

そうは思いつつも、はやる気持ちを抑えることはできなかった。

ガラリとドアを開けると、窓から外を見下ろしていた木田が振り向く。

「よう」

何気なくかけられた声に胸が締めつけられ、きゅっと唇を噛みしめる。

木田とは、あの日以来一度も話していなかった。

「な、何、なんの用？」

声が上ずった。じっと葉月を見据えた木田が、学ランの首元に手をかけてゆるりと一つボタンを外す。なんだか大人びたその仕草に鼓動が速まる。

「お前……志望校変えたのか？」

「え」

「試験の日、いなかったから」

木田の口から出てきたのは予想外の言葉だった。そのことに拍子抜けしながら返事をする。

「ああ……そのことか。うん。S女子にしたの」

「S女？　どうして」

「どうしてって……テストの成績も好調で、もう少し上狙えるって先生も親も言うし、家からも近いし……」

イライラとした雰囲気で小さく床を蹴りながら葉月の話を聞いていた木田が、何かを決めたようにキッと顔を上げた。

「俺のせいか？」

「は？」

思いがけない言葉に、葉月の目が丸くなった。

「俺と色々噂になったり、その、この前のこととか……それが嫌で志望校変えたのか？」

「そ、それは」

違う、とは言えなかった。

「そうなのか？」

「その、だから、もうちょっと上を狙えるって先生にも言われたし……」

「お前、M高に行きたいって言ってたじゃねーかよ！」

いきなり声を荒らげた木田に、びくっと首を竦《すく》める。

「なんで……木田に怒られなきゃいけないわけ⁉　私がどこに行こうと、アンタに関係ないでしょ！」

どうして自分が怒鳴られなければいけないのだ。その理由がわからず怒りにまかせて反論すると、木田がぴくりと眉毛を上げた。

「そりゃ……そうだけど」

しおらしく俯《うつむ》いた彼に、言いすぎたかと反省する。でも、ごめんと謝るのもイヤだった。

やっぱりこのまますれ違ってしまうのかな、とうっすら思った時、突然木田がつかつかと葉月に歩み寄った。

その勢いに思わず一歩下がった葉月の肩を、木田が乱暴に掴む。

「な、何⁉」

「大きな声、出すなよ。お前だって……騒ぎ起こしてまた噂されたりとかしたくないよなぁ？」

低い声に、一瞬びくっと身体が竦む。彼が何を考えているのか、さっぱりわからない。

「そんなの……木田だって同じでしょう。何言ってるの？」

「うるせー」

突然、肩を掴んでいない方の木田の手が、葉月の制服の胸の膨《ふく》らみへ伸びた。あまりの衝撃に、声も出ない。びっくりしてただ木田を見つめると、彼の瞳の奥にゆらりと見たことのない熱情のようなものが揺らめいているのを感じた。

「……陰で、俺がなんて言われてるか知ってる?」

「し、知ら、ない……」

「お前の、胸、触ったんだろうって。俺らにも触らせろって……」

胸に置かれた手は動くことなく、まるで鼓動を確かめるようにただ添えられているだけだ。木田の口調は随分乱暴なのに、その手は優しい。それどころか、ためらうように震えている。

だがそれに気付けても、葉月に彼を気遣う余裕はなかった。

胸に触れられている。その事実に血が上り、全身からどっと汗が噴き出す。

「や、やだ……っ!」

恥ずかしさなのか、それとも嫌悪なのか。湧き起こったわけのわからない感情を振り払いたくて、胸に置かれた木田の手を払いのけた。

「木田、どうしたの? やめよう、こんなの」

「やめない!」

諭《さと》すように話したのがよくなかったか、木田の顔がカッと赤くなった。

「どうせ……そんな風に陰で言われてるんだ。だったら、誰かがする前にお前を」

葉月の肩を掴んでいた手にギリッと力が入ったと思うと、反対の手が顎《あご》へと伸びた。恐くて咄嗟《とっさ》に瞑《つぶ》った目に、影が差す。

次の瞬間、ガツリと唇に何かがぶつかった。衝撃はともかく、触れたものは柔らかい。

驚いて目を開くと、端整な木田の顔がすぐそこにある。

状況を把握するのに数秒かかった。

「ん!!」

突き飛ばそうとした腕が、宙を切る。

どうして、こんな嫌がらせみたいなキスを。

息が止まり頭がクラクラする。かくんと膝の力が抜けて、葉月はふらりと倒れ込みそうになった。

「あ、え、オイ!」

その身体を木田が慌てて抱え込む。

「どうしたんだよ」

「ど、どうしたって! それアンタが言うの?」

必死に呼吸をしながらぶるぶる震える腕で木田を押し返しても、きつく抱きしめてくる腕は緩《ゆる》まない。

「放してよっ!!」

葉月が大きな声を出すと、ようやくはっとしたように彼の身体が離れた。

「なんで、こんなことするの……?」

視界が涙で滲《にじ》んだ。

楽しかったのに、木田といると。好きかもしれないって、思ってたのに。

――ファーストキス、だったのに。

『あのおっぱいでけーヤツか』

『揉み放題だな。俺にも触らせろよ』
いつか木田のクラスの前で聞いた、男子の声が耳に蘇《よみがえ》ってくる。
もしかして、木田も彼らと同じなんだろうか。だから、こんなことするのだろうか。
「ばかっ！　キモイ!!」
吐き捨てるように叫ぶと、葉月はバタバタと廊下を走って逃げた。
木田とは、それっきりだった。

3　最悪な接待

中学時代に一度、そして大人になってもう一度。

(なんで木田は、あんなことするんだろう……)

ホテルの部屋から逃げ出した翌日、葉月はひょこひょこと少しだけ足を引きずって会社の廊下を歩いていた。

家に帰ってすぐに湿布《しっぷ》を貼ったものの、痛みはまだ残っている。病院に行くまではないと思うが、数日はこの調子かもしれない。

「あれ？　葉月ちゃん、足、どうしたの？」

足をかばって歩く葉月に気付いて、パートの丸山が声をかけてきた。

「あ、えっと……そのっ、ちょっとマンションの階段でつまずいちゃって、なんか捻《ひね》ったみたいで」

「あらやだ、大丈夫？　あ、会社の薬箱にいい薬あったわよ！」

「え、でも備品じゃないですか」

「いいじゃないの、帰宅途中なら労災みたいなもんよ」

丸山はケラケラと笑いながら、薬箱を手にデスクに戻ってきた。

「この塗り薬、よく効くわよ～！　私も腰が痛い時にはこっそり塗ってるの。使い終わったらまた薬箱に戻しておいてね」

強引な丸山に苦笑しながら塗り薬を受け取ると、そのやりとりを見ていたのか山下が近付いてきた。

「薬なんか持って、葉月ちゃん、どうかしたの?」

「階段でつまずいちゃったんだってよ～」

丸山がケロリと答えたのを受けて、備品を使う後ろめたさがありながらも葉月はぎこちなく笑ってみせる。

「え、大丈夫!?　病院とか」

「いえ！　そんな大したことじゃないんで……多分、二、三日したら治ると思いますから」

「そっか、それならいいんだけど。あのさ、今週の金曜日、接待があるから都合がつけば同席してほしいんだ」

女性社員の少なさゆえ、頼まれたら同席しないわけにはいかない。

『用事がある時やどうしても嫌な時は断ってもいいけど、なるべく同席してね。接待、って言われるとかまえちゃうかもしれないけど……女の人がいるだけで場が和むってこと、やっぱりあるのよ。円滑な人間関係を作るためだから』

去年、寿《ことぶき》退社した先輩にも、そう言われていた。

実際、接待に連れていかれたことは何度もあるが、どちらかというと美味《おい》しい料理を食べて良い思いをすることの方が多い。色気より食い気の葉月に相手先の社員たちも毒気を抜かれるのか、接待というよりは和やかな飲み会になるのがほとんどだ。

イヤな思いはしたことがなく、最近ではお酌をすることにもすっかり慣れてしまった。

「わかりました。金曜日は特に予定もないですから」

「助かるよ。支店長も一緒だし、美味しいとこ予約してあるからね～」

機嫌良く山下が去っていったのを見て、パートの丸山がこれみよがしにため息を吐いた。

「いいなー葉月ちゃん！　会社のお金で堂々と美味しいものが食べられて！」

「丸山さんも一緒に行きますか？」

「何言ってんの！　五十過ぎたおばちゃんを連れてったら、まとまる契約も流れちゃうわよ！」

バシンッと丸山に背中を叩かれ、ゴホッと咳き込む。

(支店長も一緒なら、きっと高級なところだよね。山下さんが連れてってくれるところってハズレがないから、楽しみにしとこーっと)

昨日の木田の出現で落ち込んでた気持ちが、少しだけ浮上した。


金曜日。

夜の接待を前に仕事をさっさと仕上げるべく、葉月はパソコンに向かっていた。ここ数日、少しずつ仕事を早めに進めていたかいがあって、作業は順調だ。

「葉月ちゃん、調子いいみたいだね」

山下が葉月の後ろからパソコンを覗《のぞ》き込む。

「はいっ！　このデータの入力も夕方までには終わると思います。それ以降に営業さんが別の仕事持ってきたらアウトですけど」

ははは、と山下が笑った。

「支店長は別の取引先から直接来るから、もしかしたら遅れるかもしれないんだって。ひとまず俺と葉月ちゃんで先行くから、仕事終わったらよろしく」

「はい、ところで……今日の取引先って、どこなんですか？」

ん？　と山下が首を傾《かし》げて葉月を見た。

「あれ、言ってなかったっけ。滝波メディカルだよ。医療機器メーカーの。あそこの営業所のひとつを、今度改築することになってて」

滝波メディカル……と考えて、はたと気付く。

「そこって、もしかして」

「そうそう、この前来てた木田くんだったっけ？　彼の会社だよ。葉月ちゃんの同級生って言ってたよね？」

さーっと血の気が引いた。あれから数日、木田からの連絡はない。携帯番号を教えたわけでもないから当然といえば当然だけれど、会社を出る度にもしかして彼が待ってないかと緊張していた。そしてその姿が見えないことにほっとする気持ちと同時に、いつも説明のできないもどかしい想いが込み上げてくるのだ。

だからといって、会いたいわけじゃない。むしろどんな顔で会えばいいのかわからない。

「あの、山下さん……」

「いや〜、他の会社でもアプローチかけてるところあるらしくって、今回ちょっと厳しいんだよね。一応支店長が親しくしてる人がいるから、大丈夫だと思うんだけど」

「あ、あのっ」

「葉月ちゃんを接待に連れてくと、商談がまとまる確率が高いってジンクスがあるんだよ！　期待してるね」

ぽんっと機嫌よく葉月の肩を叩いて、山下は葉月の言葉も聞かずに行ってしまった。

（それは、たまたま連れていかれた時にうまくいったのを、オジサマたちが大袈裟《おおげさ》に話のネタにしただけで、私は何もしてないのに……!!）

がっくりとパソコンの前に頭《こうべ》を垂れた。

言えない。二人の娘を抱えて仕事に燃えている山下に、今さら私情で「行けません」なんて。

相手先を確認していなかった自分が悪い。かといって、確認していたって断れたかどうか怪しいけれど。

（こうなったら、誰か急な仕事でも持ってきて……！）

祈るような気持ちでジリジリと時間を過ごしたが、こんな日に限って新しい契約もトラブルもなく、順調に仕事は終わってしまった。

「よし！　じゃあちょっと早いけど用意して行こうか？」

外回りから早めに帰社していた山下が、終業時刻を確認して爽やかな笑顔で立ち上がった。

「はは……そうですね……」

ニコニコと人のよさそうな山下の笑顔を、初めて恨めしく思った瞬間だった。


「あのぉ……今日、滝波メディカルさんからはどなたが来るんでしょうか」

会社を出て山下の後ろを歩きながら、恐る恐る機嫌のよさそうな背中に問いかける。

「え？　うーん、人数は三人って聞いてるけど。支店長の知り合いの総務部長と、あとは改築する営業所の人だと思うよ」

「そのっ、木田……くんは、来るんでしょうかね？」

「あ、何？　もしかして会いたかった？」

ニヤリと笑いながら山下が振り返った。

「ちっ違います違います！　むしろ逆です！」

「逆？」

二十代の社員がいない職場では、二児の子持ちとはいえ三十代前半の山下が一番葉月と年が近い。それゆえ、一番話もしやすかった。

「木田くんとは……あんまりいい思い出がなくて。正直言うと、できれば会いたくなかったというか」

「え、そうなの？」

わずかに歩くペースを落とした山下の隣に並び、思い切って口を開く。

「小中学校は確かに一緒ですけど、そんなに仲良くなかったですし、それに」

「それに？」

葉月の顔を覗《のぞ》き込む山下の優しい顔に心がほぐれ、するりと言葉が出る。

「中学の時、『デブ』って言われたことあって、他にもからかわれたりとか……」

「ああ、そうかー。それなら、葉月ちゃんの方はちょっと気まずいよね」

納得とばかりに、山下が何度も頷いた。

「気まずいって言うか、なんと言うのか。さすがにもう腹が立つっていうのはないですけど」

「んー、でも木田くんの方はどうかなあ？」

どういう意味だろう？　首を傾《かし》げて山下の顔を見上げると、山下は少しだけ面白そうに口を歪めている。

「もしかして、この前葉月ちゃんが応接室を飛び出していったのって、お腹が痛かったからじゃないんじゃない？」

「あ」

この間、山下に嘘を言っていたことを今さら思い出す。

「す、すみません！」

「いやいや、いいんだよ別に。葉月ちゃんが出てった後、木田くんがなんだか焦ってたみたいだったから。こりゃこの二人何かあったな、とは思ってたよ」

「焦ってた？」

「うん。焦ってたって言うか、動揺を必死に隠そうとしてたと言うか」

葉月の方は確かに焦っていたが、木田からそんな気配は微塵《みじん》も感じなかったのに。夜に食事に行った時にも、余裕たっぷりで飄々《ひょうひょう》としているようにしか見えなかった。

山下の気のせいだとは思うが、ひとまず話の続きを待つ。

「真面目な話さ、今日は木田くんが来るかわからないよ」

「え？」

「元々、木田くんはあの日は代理で来ていただけなんだ。改築する営業所の人間であることは間違いないけど、直接うちとのやりとりを担当してくれてるのは、別の人。その人の都合がつかなかったから、彼がたまたま資料を届けてくれただけ。営業所の改築なんて結構な大仕事だし、担当するには木田くんまだ若すぎるでしょ」

「そ、そうなんですか」

ほっと息を吐いた葉月の様子を、山下は何やら楽しげに見つめている。

「仮に木田くんが来たとして、なんかあったら助け舟出す？」

「助け舟、ですか？」

「うん。まあ今日の接待に葉月ちゃんを駆り出したのは、俺だからね。うちの紅一点《こういってん》を守る義務が、俺にはあるからさ」

その時、山下の携帯電話が着信を告げた。

「ちょっとごめんね。……ハイ、山下です。どうもお世話になってますー。え？　はい、かまいませんよー。多分お店の方も大丈夫だと思います」

山下がちらりと葉月の方を見下ろし、笑いを堪《こら》えるように口角をひくつかせた。どうしたんですかと目で訴えると、大丈夫とでも言いたげにぽんぽんと葉月の肩を叩く。

「それではお待ちしております」

ぱこっと携帯を折りたたんだ山下が、おかしそうにくすくすと笑った。

「先方さん、『うちの営業所のホープも連れてってていいですか？』だってさ」

「そ、それって……」

「木田くんで間違いないだろうねー。こりゃクロだな」

ニコニコと微笑みながら山下は携帯を胸ポケットに入れると、左手をコートのポケットから出した。

「ひとまず、これは外しとくか」

そう言うと、するりと左手の薬指から結婚指輪を外す。そして外した結婚指輪を、大事そうに財布の中にしまった。

「牽制《けんせい》くらいにはなるっしょ。大丈夫、葉月ちゃんはいつもどおりでいいからさ。今日の店も旨《うま》いとこだから、いっぱい食べてね。あ、帰りはうちの嫁さんが車で迎えに来てくれるから、葉月ちゃんも送っていくよ」

指輪をするのを忘れないようにしなきゃなーと呑気《のんき》に笑う山下を、葉月はぽかんと眺めるしかなかった。

「こんばんは～どうもどうも～」

店の前で支店長と落ち合い、個室で座って待っていると相手先の面々がやってきた。山下が予約していたのは高級そうな日本料理の店で、店内にはダシのいい匂いが漂っている。

「お久しぶりです！」

「これはどうもー」

支店長と山下についで葉月も立ち上がり、ぺこりと頭を下げる。扉から接待の相手が一人二人と姿を現す。最後に入ってきたのは葉月と山下の予想どおり、やはり木田だった。

心の準備はできていたから、動揺はしない。でも、極力目は合わさないようにする。木田の方でも葉月が来ることは想定済みだったのか、ちらりと視線を送りつつも黙って席についた。

お互い立場的には当然末席で、葉月の斜め向かいに木田がいる。テーブルに置かれた骨ばった手がちらりと視界の端に入ると、その手で抱き上げられたことを唐突に思い出した。

慌てて下を向き、ぎゅっと膝の上の手を握りしめる。

「部長は初めてでしたよね？　うちの紅一点《こういってん》の小山内です」

最初の頃は嫌で仕方なかった紹介のされ方だったが、いつの間にかすっかり慣れっこになった。支店長の言葉に笑みを浮かべて「はじめまして」と頭を下げると、相手先の小太りの総務部長はニヤニヤと皮肉な笑みを口元に浮かべた。

「紅一点を連れてくると言ってたからどんな子が来るかと思ったら、こりゃむっちりと愛嬌《あいきょう》があるのを連れてきましたなあ～」

奥に座った木田が、ぎょっとしたように眼鏡の奥の目を見開いているのが見えた。

慌てた木田が口を開くのより早く、にっこりと葉月は微笑んだ。

「あはは、よく言われます～。自分でも紅一点を名乗るのはおこがましいと思ってるんですけど。今日は美味《おい》しいものを食べさせてくれるって言うので、ついてきてしまいました」

「ほう、食べるの好きかい？」

「もちろん！　だからこんな体形でして」

えへへ、と笑ってみせると、相手の部長はおかしそうに笑った。

「それは気が合うな～。私も食道楽では負けてない。こりゃ、面白そうなのを連れて来ましたな。名前はなんていうの？」

「小山内葉月です」

「葉月ちゃんか」

にこにこと笑いながら、総務部長は相好《そうごう》を崩した。

ちょっと捻《ひね》くれた中年男性がここぞとばかりに突いてくる体形のことは……実は嫌味でもなんでもなく、ただの話のネタでしかないと気付いたのは、入社後しばらくたってからのことだった。

今の会社に採用された当初は、遠慮のない言葉がイヤで仕方なかった。

高校時代は女子高で、大学は家政科。そのせいか大人の男性にあんまり免疫《めんえき》がなく、年配の男性が多い今の職場でどう彼らと接していいか距離感がよくわからなかった。遠慮のない言葉に随分傷ついたし、泣きたくなったことも一度や二度ではない。

『ホント、むちむちしてるなあー』

『ほっぺがパンパンだよ。おい、お菓子でも食べたか？』

あまりの悔しさに、ダイエットを始めてお弁当をひと回り小さなものに替えた。それに気付いた先輩の女性社員が、葉月のお弁当箱を見つめながら不思議そうに言った。

「葉月ちゃん、今日は随分お弁当箱が小さいね。もしかしてダイエットしてるの？」

「あ……はい。もう皆さんに、太ってることをからかわれるのがイヤで……」

「葉月ちゃん太ってないよ。ふっくらしてて可愛いよ」

「でも！『顔がまんまる』とか『ほらお菓子もらってきてやったぞ』とか、そういうのもう……」

うつむいて唇を噛みしめると、慌てたように彼女が言った。

「それはぁ、あの人たちのコミュニケーションの取り方って言うか」

困ったように笑い、先輩は言葉を続けた。

「私だって入社したばかりの頃は、やれ『鶏ガラ』だの『栄養失調』だのと言われたもんだよ」

「えー!!　細くってスラッとしてて、モデル体形じゃないですかっ」

「あはは、ありがと。でも……私小さい頃に病気したせいで子供の頃は本当ガリガリで、同級生とかに『ガイコツ』ってからかわれてたのよ。よく泣きながら家に帰ってたなあ。年頃になっても胸はぺったんこだし」

目の前の先輩は背が高くてスラリと洋服が似合う細さで、葉月が中学時代から憧れていた体形そのものだった。そんな人でさえ、コンプレックスを抱えていたなんて。

「ここの皆にからかわれるたびにイヤでイヤで仕方なくて、仕事にも慣れてなくてストレスもたまってたから……ある日爆発しちゃったのよ。『やめてください！』って情けないことに皆の前で泣いちゃったの」

もう六年も前のことだけどね、と言いながら先輩はパクリとお弁当を口に放り込んだ。

「そ、それで、どうなったんですか？」

「皆すっごい慌ててるの！『何があったんだ⁉』って。自分たちが言ったことでまさか私が傷ついてたなんて、全然思ってなかったみたい。だから、言われてイヤだったことを必死に伝えてみたんだけど……」

ふふっと彼女はおかしそうに口元を押さえた。

「やっぱり上手《うま》く伝わらないのよ。『なんでそんなことで？』って。結局その時にいたパートのおばちゃんが『女心がわかってない』って説教してくれて、なんとなく騒ぎは収まったんだけど……」

それは葉月にもわかる気がした。痩《や》せてることをからかわれてイヤだなんて、想像もつかない。

「なんかね、バカらしくなっちゃって。私が悩んで傷ついてたこと、皆にとってはなんてことなくて、ただコミュニケーションをとってるつもりなんだもの」

「それは……なんとなくわかりますけど」

「山下さんだって最近からかわれてるでしょ？『腹が出てきてすっかりメタボだ』って。そういうのと同じ。気にするだけ、時間も心ももったいないよ？」

あっという間に空《から》になった小さなお弁当を見つめながら、先輩の言ったことを噛みしめる。

職場のオジサマたちの言葉は耳に痛いけれど、確かに悪意があるわけじゃない。でもやっぱり、傷つく時は傷つく。

そこに偶然、一人の上司が顔を出した。

「お、ここにいたか。お得意様のところでもらったんだけど、二人とも食べる？」

差し出された手には、葉月の大好きな洋菓子店の小さな紙袋が握られている。

「中身は何ですか？」

「うんと……何だろ、これ。マドレーヌかな」

「あー、私バターが多いお菓子って胸やけしちゃうんで」

さっくりと先輩が断る横で、葉月はごくりと唾を呑み込んだ。食べたい。あそこのマドレーヌは、発酵バターを使ってて、ほのかにオレンジの香りがして、本当に美味《おい》しくて……

「じゃあハイ、小山内さん」

ぽんっと葉月の前に紙袋が置かれた。

「え、あの」

「美味しいらしいよ」

「せっかくいただいたものだし、よかったら食べてくれよ」

いつもなら「いらないです！」と強がっているところだ。「先輩と違って私は太ってるから、絶対に食べるだろうと思ってるんだ」なんて、言葉の裏まで勝手に読んで。

断りの文句を口にしようとしたが、目の前の先輩の視線が痛かった。少なくとも彼女は、葉月の甘いもの好きを知っている。

「い、いたっ、いただきます……」

ぽつりと呟き、目の前の袋を手に取った。それを見て、ニコッと上司は微笑んだ。

「俺は甘いもの苦手だから、もらってくれたら有難いよ。後で感想聞かせてね」

(あれ?)

拍子抜けするほど、上司の態度はあっけなかった。彼が立ち去った後にガサガサと袋を開けてみると、マドレーヌは葉月が知ってる見慣れた包装のものとは少し違う。

「わ、これ新作だ!」

「葉月ちゃん、そこのお店知ってるの?」

「ハイ! ケーキも焼き菓子もとっても美味しくて、実は学生時代から通ってて……」

ニコニコと袋から焼き菓子を取り出すと、ふんわりと優しいバターの香りがした。思わず顔がほころぶ。

「あの、食べてもいいですか?」

「どうぞどうぞ」

パリパリと包装をやぶり、マドレーヌに一口齧《かじ》りつく。

「ん! 美味しっ……」

思わず半分ほどぱくついたところで、ふと目の前の先輩の視線を感じた。

「葉月ちゃん、本当に美味《おい》しそうに食べるねえ！」

「え、あ……食べるのが、好きで」

なんだかバカにされたような気持ちになりシュンと下を向くと、先輩は慌てて身を乗り出した。

「ちょっ！　どうしてそんな顔するの⁉　私、変なこと言った？」

「なんかそう言われると……『食べるの好きだから太ってるんだ』って言われてるみたいで」

「違う違う、そういう意味じゃないって！　どうしてそうやって卑屈《ひくつ》に受け取っちゃうの？」

直球で言われた言葉に、思わず先輩の顔を見つめ返す。

「美味しいものを『美味しい！』って食べられるの、幸せなことじゃない。しかもそんな嬉しそうな顔で食べてくれたら、見てるこっちだって幸せな気持ちになるよ。今の顔を課長が見たら、絶対に喜ぶと思う」

「そう……なんですか？」

「そうそう。皆ね、別に嫌味で言ってるわけじゃないんだから。若くてピッチピチな新卒の女の子がいきなり入ってきたもんだから、距離感がわからないだけ。葉月ちゃんも変に深読みしないで、可愛いオジサンたちだな～ってくらいに接してればいいのよ」

腑《ふ》に落ちない気持ちのまま残りのマドレーヌをパクつき、昼休みが終わった。どうしようかと迷った末、恐る恐るお菓子をくれた上司のデスクに向かう。

「あの、課長」

「おっ、どうした小山内さん」

「いただいたマドレーヌ、すっごく美味しかったです。ありがとうございました」

「そうかあ。先方さんにも、うちの若い子が喜んでましたって伝えておくよ」

「多分新作だと思うんですよ。中にチョコレートが入っててそりゃあもう」

自然と葉月の顔がほころんだのを、目の前の上司は目を細くして嬉しそうに見つめていた。

「やっぱり小山内さん、甘いもの好きなんだね」

「……やっぱりって、どういう意味ですか？」

「若い女の子は、普通好きだろ？」

きょとんとした上司の言葉に、はっとする。余計なことを勘ぐっていたのは、葉月の方だ。

「感想ありがとうね。またもらったら声かけるよ」

「はい……」

力なく自分のデスクにすとんと座り、言われた言葉を噛みしめる。

「ね？　だから言ったでしょ」

一部始終を見ていた先輩が、後ろから優しく葉月の肩を叩いた。

結局それで吹っ切れたことがきっかけとなって、職場のオジサマたちとの距離は一気に縮んだ。それどころか〝明るく元気な小山内葉月〟のキャラが定着して、からかわれつつもとても可愛がってもらっている。

もう寿《ことぶき》退社してしまった先輩だが、彼女には感謝してもしきれない。彼女の言葉がなければ、職場のオジサマたちと打ち解けるのはもっと遅かったかもしれないのだから。

接待相手の赤ら顔の総務部長を眺めながら、つくづく思う。

こういう人は、相手の弱みをネタにして、実は傷つけてるなんて全然気付かないタイプ。入社当時の葉月なら、間違いなく下を向いて口を閉ざしていただろう。

「お酒はどうだ？」

「お酒は、そんなに強くないんです。でも好きなのは日本酒ですかねえ」

「やっぱりなあ！　甘党に日本酒好きは多いんだ。よし、日本酒を頼もうか」

運ばれてきたお酒は当然のように葉月の前に置かれ、苦笑しながらもお酌をする。

「素人の若い子ってだけでも、お酌してくれてありがたいと思わなきゃな」

ワハハッと品のない笑いが起こる。ひと言多いと文句をつけたいところだが、横に座る山下の宥《なだ》めるような視線でふう、と小さく息を吐く。

「葉月ちゃんは飲まないのか？」

「えっと……じゃあ少しだけ！」

接待相手にそう言われては断るわけにもいかず、もう一つのお猪口《ちょこ》を手に取った。なみなみと注《つ》がれた透明の液体に、そっと口をつける。

「わー、さっぱりしてて美味《おい》しいですね、コレ。甘みも爽やか……」

「だろう？　俺は酒の中では日本酒が一番好きなんだ。これは女性でも飲みやすいと評判の銘柄でな」

「そういえば部長さん、改装の件ですが……」

相手の機嫌がよくなったところを見計らって、支店長がそれとなく仕事の話を切り出した。そうとなれば葉月はしばらくお役御免だ。我慢していた箸《はし》を手に取り、目の前の食事に手を伸ばす。もぐもぐと口を動かしながら、一応は話を聞いてるフリをする。

(やっぱ美味しい！　山下さんのリサーチは本当ハズレがないわ……)

至福……ポツリとそう呟いたところで、相手先の別の社員がこちらを見ていることに気付いた。慌てて、ニコリと微笑みながら頭を下げる。

「君、本当に美味しそうに食べるね」

「あはは……よく言われます」

その隣で睨《にら》むような鋭い視線を投げかけてくる木田の存在を、忘れたわけではなかったけど。

(私だって仕事の一環なのに！　なんで睨まれなきゃいけないのよ？)

行儀が悪いと思いつつも、目の前の大きなエビの刺身にぶすっと箸を突き刺した。

上司の方はかなり話を煮詰めているようなので、そちらには触れずにしばらく食事に没頭した。けれど一応接待という名目で来ている以上、多少は仕事もしないとならない。

「滝波メディカルさんって、やっぱりお医者さん相手の営業が多いんですか？」

確か、手術の時に使うオペ用具を主に取り扱う会社だと山下が言っていた気がする。葉月はごくんとエビを呑み込むと、相手側の社員に聞いてみた。

「そうだね。最近は介護器具にも手を伸ばしているけど、やっぱりメインはオペ用具だからね」

「それじゃあ、接待とかもあったりするんですか？」

「いや、接待はほとんどないよ。今、医師相手にそういうのは禁止されてるからね。その代わり、入れてもらったうちの製品に何かあったら、日曜だろうが夜中だろうが飛んでいくけど」

にこやかに笑みを浮かべて話す彼は、年齢で言えば山下と同じくらいだと思われるが、その指に結婚指輪はない。爽やかで落ち着いた風貌は、まさに就職する前に憧れていた「年上の先輩」そのものだ。

（医療機器メーカーってことは、きっと看護師なんかとの出会いも多いんだろうな……）

「お医者さんの知り合いも多いよー。なんなら葉月ちゃん、紹介してあげよっか？」

いつの間にか、初対面の社員にまで「葉月ちゃん」呼ばわりされている。就職するまではどう接すればいいのかわからなかった男の人だが、今の会社のオジサマたちですっかり耐性がついてしまったらしい。元々話し好きだったせいもあってか、出会いやロマンスは全くないが、こうやって話すことは得意になっていた。親しみやすい、と言われることも多い。

「あははっ、冗談がお好きですね～。お医者さんなんて周りに優秀でキレイな看護師さんがわんさかいるのに、何を好《す》き好《この》んで私みたいなのを」

「それがさ、意外と『看護師はイヤだ』ってお医者さんが多いんだよねー。仕事に追われているせいか出会いも少ないみたいで、独身の人も結構多いんだよ。葉月ちゃんみたいな癒《いや》し系の需要は高いと思うんだよな」

どんな需要だよ、と思いつつ、苦笑いしながら日本酒を口にする。

「俺、杉並建設さんに出入りして、何度か葉月ちゃんにお茶を淹《い》れてもらってるんだけど。覚えてない？」

言われてマジマジと相手の顔を見てみるが、正直全く見覚えはなかった。

「ごめんなさい。私、お客様の顔を見つめるのが恥ずかしくて……いっつも下ばっかり見てるもので」

少し気まずく思いながらそう言うと、彼は一瞬きょとんとした後にハハッと高らかに笑った。

「可愛いなあ。いっつも笑顔でほんわかしてる葉月ちゃんに、こっちは勝手に癒されているんだよ」

「はっ!?」

オジサマにからかわれるのには慣れているが、若い人からのこういうセリフには耐性がない。思わず顔を赤くすると、すかさず隣の山下がこちらの会話に入ってきた。

「あー、古内《ふるうち》さん。小山内にはまだまだ働いてもらわないといけないんですから、口説くのもお医者さんとの縁談も、両方ダメですよ〜」

笑いながら、山下は古内のコップにビールを注《つ》ごうとする。

「あ、私が」

すかさずそのビールを受け取ると、相手に向けた。

「お、ありがとう」

わずかに傾けられたコップに静かにビールを注いでいると、突き刺さるような視線を感じる。視線の元は、もちろん木田だ。

（言いたいことがあるなら、はっきり言えばいいのに）

こうなれば葉月の方もヤケである。わざと木田とは視線を合わせないまま、古内ににっこりと笑みを向けた。

「オイ、木田」

と、古内が隣に座る木田の脇を小突く。

「今日の接待、絶対連れてけって頑張ったくせに何仏頂面《ぶっちょうづら》してんだよ」

「お、俺は別に……！」

カッと顔を赤くした木田が、乱暴な仕草で箸《はし》を取った。

「腹が減ってたから、ついていきたかっただけです！」

「ハハハッ、木田くん若いもんね。まだまだ、食べ盛りって感じかな……」

わずかに刺《とげ》のある言い方に、オヤ？　と思って山下を見上げる。こんな挑発的な言い方をする彼は珍しい。木田がカチンとした表情で顔を向けると、山下はにっこりと含みのある笑顔で木田を堂々と見返した。

「や、山下さん」

軽く山下の脇を突《つつ》いて、その耳に顔を寄せる。

「大丈夫ですか？　接待の相手なのに」

「木田くんに権限はないでしょ。大丈夫だって」

確かに、上司たちの方はいい雰囲気で仕事の話が進んでいる。木田は元々今日の接待のメンバーに入っていたわけでもないようだし、気を遣う必要もないのかもしれない。でも――

不機嫌そうに眼鏡に手をやる木田をちらりと見ると、コップはすでに空《から》だ。一瞬迷った後に、葉月は再びビールの瓶を手に取った。

「あの、どうぞ」

「え」

料理に手を伸ばそうとしていた木田の手が止まった。

「あの、だから、コップが空ですから……」

「え、あ」

ハッとした顔で木田がコップを持とうとする。しかし手が滑ったのか、そのコップが皿に当たってガチャンと大きな音を立てた。その音に驚いた上司たちが、こちらを見る。

「どうした？　お前何やってんだ」

「いやっ、別に」

その隙に、山下が葉月の手からビール瓶を奪い、木田の方へと傾けた。

「木田くん、どうぞ！」

「っ！　………どうも……」

爽やかな山下の笑顔とは対照的に、木田はむっつりとコップを差し出した。

「私、ちょっとお手洗いに行ってきますね」

立ち上がると、少しだけ足がふらついた。接待でこんなに飲むことは珍しい。喉越しがよくて爽やかな日本酒だっただけに、つい飲み過ぎてしまったのかもしれない。

トイレで用を済ませた後、鏡を見ながらはあっと息を吐いた。

さきほどこっそり耳打ちしてきた山下の話では、二次会は日本酒バーを予定しているとのことだった。葉月がきっかけとなって、相手の部長の日本酒好きがわかったからだろう。普段なら二次会に顔を出すことも多かったけれど、今日はやっぱり気が進まない。

同級生だということを明かせばきっと話のネタにされる。それがわかっているから、葉月から木田へ話を振ることはない。木田に、もしもばらされたら……とちょっと心配していたが、彼もまた葉月にからんでくる様子はなかった。鋭い、責めるような視線を投げかけてくる他は。

(山下さんにも口止めしといて良かった……)

山下は余計なことは言わないタイプだが、先ほどの木田への挑発的な態度が少し気になった。多分、面白がっているだけなのだろうけれど。

時間的には、そろそろ次の場所に移動となってもいい頃だ。化粧ポーチを鞄にしまい、葉月はトイレを後にした。

「オイ」

「っ!!」

トイレのすぐ前、まるで待ちかまえていたかのように向かいの壁に木田が寄りかかっていた。背が高いだけに威圧感があり、葉月は飛び上がらんばかりに驚いた。

「な、何！　こんなとこで何やってんの！」

葉月じゃなくて、別の人が出てきたらどうするつもりだったのだ。思わずトイレの中へと一歩後退しかけたが、そんなことをしても意味はないと恐る恐るトイレから出る。

「なんでだ？」

「な、何が？」

何のことかわからずきょとんとして木田を見返すが、彼は眉間にぎゅっと皺《しわ》を寄せたまま無言で葉月を睨《にら》む。疑問を投げられても、わけがわからない。ただ、木田がものすごく不機嫌だというのだけは痛いほどわかる。

「……怒ってるの？」

「当たり前だろ」

「なんで？　怒りたいのはこっちの方なんだけど。この前、急に引っぱられたおかげでこっちは足をくじいて……」

「お前、俺が言ったこと忘れたのか？」

「木田が言ったこと？」

頭の中に疑問符が浮かぶ。

何を言われたっけ。状況から考えて、今日ではない。だとしたら前回？

（この前は食事して奢《おご》ってもらって、無理矢理部屋に連れ込まれて……）

そこまで考えて、葉月の頭が一気に沸騰した。

考えないようにしていたことが、一気にフラッシュバックする。抱き上げられ、ベッドに運ばれ、甘いキスをされたことを。

人生で二回経験したキスは、不本意ながら一度目も二度目も同じ相手だ。その相手がすぐ目の前にいるなんて、酒に酔った頭には刺激が強すぎた。

「おい、聞いてるか？」

「き、聞いてない……」

ふらついて壁に手をついた葉月に木田が歩み寄った時、誰かに名を呼ばれた。

「葉月！」

聞きなれた声ではあるけど、耳慣れない呼ばれ方だ。この場で『葉月』なんて呼び捨てにする人はいただろうか。

不思議に思いながら廊下の先を見ると、慌てた顔の山下が立っていた。

「どうした、大丈夫か？」

「ハイ、大丈夫……」

よろよろと山下の方に歩きかけたら、木田が葉月の腕をぐっと掴んだ。

「え、何よ？」

「何って……」

スタスタと葉月に歩み寄った山下が、強引な手つきで木田の手を外す。

「葉月が迷惑かけたかな？　ありがとう」

「……」

「木田くん、さっきから葉月のこと面白くなさそうに見てたけど、なんかあった？」

「俺は……」

木田の眉間にはさらに皺《しわ》が寄り、それを見た山下の顔に不敵な笑みが浮かんだ。

山下は木田の耳元に顔を素早く寄せ、低く囁《ささや》いた。

「……男の嫉妬《しっと》は、見苦しいよ」

「な……っ！」

顔を引きつらせた木田にさっと背を向け、葉月を見下ろす。

「行くぞ、葉月」

「ハ、ハイ！」

山下の演技に、そこまでするかと固まっていた葉月は急いで彼の隣に並んだ。ぐっと肩を抱かれて驚いたが、角《かど》を曲がり木田から見えないところまで来ると、その手はあっという間に外される。

「どう!?　俺の登場のタイミング！　かっこよかった!?」

「……プッ」

小さいながら自信たっぷりの声に、葉月は思わず噴き出した。

「あ、何それ！　オッサンだってねえ、やるときゃやるんだぞ」

「あははっ……いえ、ありがとうございます」

「これで木田くんも、横恋慕《よこれんぼ》だって諦めるだろ」

——木田が私にちょっかいを出してくるのは、ただからかっているだけなのに。

でもせっかくの山下の助け舟を否定しては悪いと思い、葉月は黙ってその言葉を呑み込んだ。

個室に戻ると、残っていたメンバーは帰り支度を始めているところだった。

「葉月ちゃん、遅かったけど大丈夫かい？」

「あ、いえいえ、化粧直しに時間がかかっただけで……」

「してもしなくても、そんなに変わらんだろう」

がははっと笑う部長に、ハハハ、と乾いた笑みを向けた。


「二次会どうする？　無理しなくてもいいんだよ」

「いえ、なんかこれで帰るのも負けたみたいですし」

外に出て、はーっと深呼吸をする。さっきは一気に酔いが回ったような感覚に陥《おちい》ったが、まだまだそれほどではない。一度うーんと上に伸びた後、ヨシッと気合いを入れるように両手をぐっと握りしめる。

「二次会、日本酒バーなんてどうでしょう？」

「お、いいねえ」

部長と支店長が和やかに話すのを少し離れた場所から眺めていると、何故か木田がツカツカと歩み寄り、その会話に割って入った。

「部長！　この前から、キャバクラに行きたいって何回も言ってましたよね？」

「木田、なんだお前いきなり」

「実はさっき知り合いのキャバ嬢からメールが来まして。そこには部長好みのスレンダーで脚の綺麗な子もいますけど……どうですか？　これから」

木田の言葉に、相手の部長の顔が一変した。

「本当か？　何度連れてけって言ってもつれない返事だったくせに、今日はどういう風の吹き回しだ」

「まあ、いいじゃないですか」

場の流れが、一気に変わったのがわかった。

こういうことは、よくある。葉月はこれでお役御免だ。

「私……ここで帰った方がいいですね」

「え、葉月ちゃん？」

隣に立っていた山下に、こっそりと囁《ささや》く。男性の多い職場にいると、よくあることだった。一次会は普通の居酒屋で行われても、二次会となるとキャバクラやスナックに行きたがる男性は多い。そうなると、女性の葉月はついては行けない。最初から一次会で帰るつもりだったという顔をして、場の雰囲気を壊さないようにしながら帰るしかない。女性が少ない職場の、宿命だと自分では思っている。

でも、よくあることだけれど、それを木田が言い出したというのが面白くなかった。

（何が『部長好みのスレンダーで脚の綺麗な子』、よ。何の嫌味よ。アンタの好みじゃないの⁉）

心の中で悪態をつきながらも、葉月はにっこりと笑って木田を含む相手先に頭を下げる。

「それでは私はここで失礼します。今日はありがとうございました」

「おお、今度旨《うま》いものでも食いに行こう」

（接待じゃなきゃ、誰が行くか！）

相手先の部長にとっては、葉月なんて「美味《おい》しいものにつられてやってきた女の子」くらいでしかないのだろう。明日になれば、名前だって忘れているに違いない。

山下と支店長の顔に、葉月に対する申し訳なさが浮かんでいるようにも見えたが、無邪気さを装い笑ってみせる。

「美味しいものが食べられて、今日も幸せでした～！　ではお先に失礼します！」

くるりと踵《きびす》を返して駅へ向かおうとしたら、山下が慌てて追ってきた。

「葉月ちゃん、タクシーで帰りなよ。チケットあるから」

「まだ終電ある時間ですし、大丈夫ですよ。ここからだと家まで遠いですし」

「いいからタクシー使えって。嫁さんに送らせるつもりだったのに……こうなっちゃったら送っていけないいし。一人で帰すわけにもいかないから。な？」

手の中に無理矢理タクシーチケットを握らされ、仕方なくそれを受け取る。

「なんか……ゴメン、今日は連れてこない方がよかったね」

「そんなことないです！　日本料理、とても美味しかったです。相変わらず山下さんが選ぶお店は美味しいとこばっかりで」

「実は俺じゃなくて、いつも嫁さん情報でチョイスしてるんだけどね」

「え、そうなんですか！」

山下、と支店長が呼ぶ声が聞こえる。

「ホント、大丈夫ですから。接待がんばって、契約取ってきてくださいね」

「あはは、ありがと。接待なのに相手先のテリトリーのキャバクラ行くなんて、なんだか不利な感じだけどね。じゃあ今日は本当にごめんな」

ぽんっと頭を叩くと、山下は小走りで皆のもとへと戻っていった。

相手先の部長は上機嫌で木田と話し込んでいる。営業所改築の決定権は、あの部長にあるらしい。だとしたら、木田の提案は気にくわないが機嫌よくしてくれてるのは、いいことじゃないか。

ふと、木田と目が合った。突き刺すような視線の中に、寂《さび》しさがまじっているようにも見える。

『お前、俺が言ったこと忘れたのか？』

先ほどの木田の言葉を思い出す。

お酒が入ったせいもあるけど、あの日は突然のキスが衝撃的すぎて、その前の会話が思い出せない。木田を見つめたまま、自然と指先が唇へと伸びる。

（もういいや、考えたくない。帰ろう……）

葉月は木田の視線から逃れるように背を向け、夜の街へと歩き出した。

4　病人には優しく？

陽の光がカーテンの隙間からうっすらと差し込む朝。

ピピピッと響き渡る電子音に瞼《まぶた》を開き、葉月はノロノロと脇の下へと手を伸ばした。

「うげっ、さんじゅう……くど、よんぶ⁇」

〝39・4〟と表示された液晶画面を、驚いて二度見する。

「壊れてないよね、これ……」

体温計をテーブルの上へと放り投げると、再び枕に頭を埋《うず》める。これだけ身体がしんどいのだから体温計が壊れたわけじゃないことはちゃんとわかっていた。こんな高熱を出したのは、いつ以来だろうか。

土曜日の夕方から上がり始めた熱は、解熱剤を呑んでも全く下がる気配がない。それどころか、日曜日の朝の現在、最高記録をたたき出している。

（あれだろうな、きっと。心当たりはあれしかない……）

金曜日の接待の帰りの電車の中で、葉月の横に座っていたサラリーマンがひどく咳をしていたことを思い出す。

山下がタクシーチケットをくれたというのに、それを使ってまっすぐ家に帰るのはなんだか悔しかった。半分意地になって駅まで歩き続け、大好きな洋菓子店でケーキを買ってから電車に乗った。

葉月の乗った次の駅で乗り込んできたそのサラリーマンは、ヨロヨロと隣の席に腰掛けた途端、げほげほと激しく咳き込み出した。まだ寒いこの時期、巷《ちまた》ではインフルエンザが流行しているという。乗客たちも考えることは同じなのか、手で口を押さえながら咳を繰り返すサラリーマンから距離を置いていた。

(やっぱり……席、移動すればよかったかな。でもそんな露骨《ろこつ》なことできないし……)

熱は下がらないし、身体中が痛い。何より、手持ちの解熱剤が効かないのが辛い。食欲もなくて、せっかく買ったケーキもほとんど食べられなかった。

もしもインフルエンザだったとしたら、確か十二時間たてば陽性かどうかの検査ができると聞いたことがある。

明日は月曜日だから当然病院もやっているが、この体調のままで一日を過ごすのは辛すぎる。はっきりとした知識はないが、薬を呑むのは早ければ早いほどよかったはずだ。

(確か、日曜日でも診《み》てくれる、当番医ってのがあったはず……)

震える指で携帯を操作し、インターネットで「救急当番医」を検索する。しばらく探して、なんとか該当の病院を見つけることができた。比較的近くにある総合病院が、今日は当番医に指定されているようだ。

「しゃーない……タクシーで行くか」

さすがに、この熱でバスを使う気にはなれない。楽な服に着替え厳重にマスクを装備してから、葉月はヨロヨロと外に出た。

（うわっ、なんなのこれ……）

日曜日の当番医――混んでいるだろうと覚悟はしていたが、ここまでとは思わなかった。葉月が思っていたよりも風邪やインフルエンザは流行しているようで、ロビーや待合室は人で溢《あふ》れていた。朦朧《もうろう》とする頭でようやく受付を済ませ、端の方にひとつだけ空いていた椅子に腰を下ろす。大人も子供も関係なく、具合の悪そうな人たちばかりだ。これじゃあ、いつ呼ばれるかわからない。ため息を吐きながら背もたれに寄りかかり、瞼《まぶた》を閉じた。

しばらくしてからハッと目を覚ます。熱で身体がだるいせいか、いつの間にか眠っていたらしい。あたりを見回してみるが、一時間ほどたったというのに患者の数が全く減っていない。それどころか、むしろ増えているようだ。葉月の名前が呼ばれた気配もなく、また力なく椅子に座り直した。それでも、ちょっとでも眠ったせいかほんの少しだけ身体が楽になったように思えた。

その時ふと、壁際に立つ一組の親子が葉月の目に入った。母親に抱っこされている子供は、小学校の低学年くらいだろうか？　ぐったりとした様子で目を瞑《つぶ》り、真っ赤な顔をしかめている。だが……母親が抱いて立つには、その子は少々大きすぎる気がした。

「お母さん……もう帰りたいぃ……」

「もうちょっとだよ。もうちょっとで呼ばれるから、がんばろうね」

そう言って母親は子供を抱き直す。母親の顔には、あきらかに疲労の色が見えていた。それはそうだろう。どれくらい前にその親子が来たかはわからないが、ずっとあんな大きな子を抱いて立っているのでは。

周りを見回してみたが、この混み具合では空いてる椅子などない。皆、ただひたすら自分が呼ばれるのを待って下を向いている。

(こういう時、付き添いで来てる人は立ってくれたらいいのに……)

病人であれば、席を譲れないのも仕方がない。でも、付き添いで来ている元気な人は、具合の悪い人に席を譲ってくれたっていいのに。熱でぼーっとする頭で、なんとか空いてる席はないかと見渡す。

(でも、パッと見ただけじゃ病人かそうじゃないかなんてわかんないか……)

ずり落ちてきた身体を母親が抱き直し、その振動で眠りかけていたところを起こされたのか、子供がぐずぐずと泣き出した。待合室にいる皆は、なかなか診察に呼ばれないことに気が立っているのだろう。何人かが、母子にうるさいと言わんばかりの鋭い視線を投げかけていた。母親もそれに気付いているのか、申し訳なさそうな顔で必死に子供の背を擦《さす》る。

その光景を数秒見つめた後、葉月は座っていた席にバッグを置いて立ち上がった。

「あの」

「はい？　あ、すみません、うるさくて……」

すまなそうに頭を下げる母親を見て、葉月の胸がズキンとした。

「違うんです。あの、あそこのバッグを置いてる席に、座ってください」

「え、でも」

「ずっと抱いたまま立っているの、大変でしょう？　座って抱っこしたら、少しは楽ですよね。きっと子供さんも、その方が落ち着くんじゃないかと思って」

「え、でも……あなたも具合が悪くて来てるんじゃ」

「大丈夫です。私、もうすぐ呼ばれると思いますし、体力には自信あるんで」

具合の悪さを隠してにっこりと微笑むと、母親は目を潤《うる》ませて頭を下げた。

「ありがとうございます……！」

「いえいえ」

バッグをよけて母子を席に座らせると、葉月は少し離れたところの壁に寄りかかって立った。母親にぺったりと身体をあずけた子供が、しばらく見てるとすうすうと眠り出した。ほっとした表情の母親が葉月に再び頭を下げ、葉月もにっこりと笑って会釈《えしゃく》をした。

(よかった。私が来てからも、一時間以上はたってるんだし、そろそろ呼ばれてもいい頃だよね)

あと少し我慢したら、薬をもらって家に帰れるんだ。そう信じて、葉月は壁に寄りかかったまま軽く息を吐いた。

しかし、その予想は見事に外れた。

(遅い……まだなの？)

壁に立つようになってから、すでに一時間は経過していた。名前が呼ばれないどころか、葉月の近くの座席がタイミングよく空く気配もない。葉月が譲った椅子に座る親子は、二人でこっくり

こっくりと船を漕《こ》いでいる。

こんなに待たされることになるとは、思ってもいなかった。少し眠って回復したと思っていた体調はどんどん悪化していき、正直座り込んでしまいたいくらいのしんどさになっていた。

(どうしよう、でもここでしゃがみ込んだら、あのお母さん、気にするだろうし……)

そんなことを気にしている場合じゃないのはわかっているが、この性格はどうしようもない。こうなれば、気合いと根性で乗り切るしかない。

ヤバイ。本当にヤバイ。早く、早く名前を呼んでほしい。じゃないと、倒れてしまうかも——

なんとか気力を保ち、足元を見つめる。すると、そんな葉月に近付く足音が聞こえた。

「……小山内?」

「はっはい!」

すぐ近くで呼ばれた名前に、慌てて返事をして顔を上げる。あれ、看護師さん呼び捨てですか——などと呑気《のんき》に思ったが、二メートルほど先に立っていたのは、スーツ姿の木田だった。一瞬誰だかわからなかったのは熱のせいではなく、最近は見慣れてしまった眼鏡をかけていなかったせいだろう。

「あ……あれ、木田……?　なんで、ここに」

熱い息と共にそう呟いた瞬間、ぐらりと身体が傾いた。

「お、おい!」

駆け寄ってきた木田に、倒れそうになった身体がガッチリ抱きとめられる。

「おい！　小山内！　大丈夫か⁉」

「だい、じょうぶだから、大きな声出さないで……」

耳元の声が、ダイレクトに頭に響く。視界が、モヤがかかったように白く霞《かす》んだ。

「小山内！　しっかりしろって……」

「き、だ……」

みっともない。こんな迷惑をかけるわけには——

なんとか無理にこじ開けた視界にはひどく焦った様子の木田の顔が映る。だがそれを最後に、葉月の意識は途切れてしまった。


夢を、見ていた。

随分昔の夢だ。

多分小学五年生の時の、社会科見学だったと思う。バスに揺られる車内で、一人の女の子が手を上げた。

「せんせーい。気持ち悪くなったんで、前の席と替えてくださーい」

そうは言ったものの彼女の顔は溌剌《はつらつ》としていて、とても具合が悪そうには見えない。それを見て、皆がコソコソと話を始めた。

「気持ち悪いなんて絶対ウソだよ。あっちゃん、男子の隣に座るのがイヤだからって、ウソつくなんて——。くじ引きだから仕方ないのに」

クラスの人数は男子も女子も奇数で、誰か一人が男子の隣に座らなければならなかった。新任の教師はそれをくじ引きで決めたが、当事者の不満はどうしてもぬぐえないものだ。バスに乗車する直前までブーブーと文句を言っていた彼女が、まさかこういう手段に出るとは誰も思っていなかった。

「それは困ったな……。誰か！　前の席で乗り物酔いに強い人、替わってあげてくれないか？」

困った顔をしながら、教師は前の方に座る女子たちに目を向ける。本当に具合が悪いというのなら仕方ないが、そうではないというのを子供たちもわかっていた。皆が隣の席の友達と顔を合わせ、微妙に教師から目を逸《そ》らす。

「小山内！」

「えっ」

いつの間にか葉月の横に立っていた教師が、葉月に向かって両手を合わせた。

「お前、元気そうだし乗り物酔いは大丈夫だろ？」

「は、はい、まあ……」

「悪いけど、あいつと席を交換してやってくれないか？」

断りなよ、とでも言うように隣の席の友達が葉月の脇を小突いたが、これぐらいの年齢で教師に面と向かって頼まれて断れる者はそうそういない。それに、本当に具合が悪いのかもしれない、と心配する気持ちもあった。

「はい……わかりました」

「葉月ちゃん！」

不満そうな声を上げた友人に「仕方ないよ」という苦笑を向けてから、葉月はリュックに荷物をまとめて立ち上がった。

「葉月ちゃんありがとう～」

嬉々として前の席に移動してきた同級生の顔を呆れて見つめながら、仕方なくのろのろと後ろの席に移動する。すると、無愛想に外を眺めていた男子がちらりと葉月を見上げた。その視線は、すぐに逸《そ》らされる。

「あの……隣、座るね」

返事はない。こっちだって、好きで移動してきたわけじゃないのに……

ため息が出そうになるのを何とかこらえ、葉月はそっと空いている通路側の席に腰を下ろした。


（どうしよう、気持ち悪いかも……）

今まで、乗り物酔いというのは経験したことがなかった。それだけに教師の言葉に素直に返事をしたのだが、先ほどから押し寄せてくる気持ち悪さは、間違いなく「乗り物酔い」だ。

タイヤの上の席で揺れやすいということもあるし、社会科見学が楽しみで昨夜眠りにつくのが遅かったのもある。いつもはどんな乗り物でも平気で、ジェットコースターに乗ろうがコーヒーカップに乗ろうが酔うなんて経験はなかったため、自分の体調の悪さに気付くのが遅れた。おかしい、と思った頃には、気持ち悪さで視界がぐるぐると回っていた。

思わず身体を前の方に屈《かが》めると、驚いたように隣の席の男子が声をかけてきた。

「おい、お前、大丈夫？」

先ほどの態度とは違う、思いの外優しげな声色にほっとして、その顔を見上げる。

「うわ、顔真っ青じゃん。酔ったの？　席替わってもらうか？」

その言葉に、ふるふると頭を横に振った。さっき同級生が手を上げた時に、皆が囁《ささや》いていた言葉が耳に蘇《よみがえ》る。

『男子の隣に座るのがイヤだからって、ウソつくなんて――』

そんなつもりは微塵《みじん》もなかったが、ここで自分が同じように「気分が悪い」と言えば、同じことを言われてしまう。それがどうしてもイヤだった。

それにこの座席に移動してきた時にちらりと葉月を見上げた男子の目が、少なからず傷ついてるように見えたのだ。

これで葉月まで席を交換したら、さらに彼を傷つけてしまいそうな気がした。

「だい、じょうぶ……」

「バカ、大丈夫じゃねえだろ」

きょろきょろと周りを見回した男子生徒が、軽く腰を上げた。

「こっち座れ」

「え？」

「せめて窓側座れよ。その方が楽だろ」

「あ、ありがとう……」

周りに気付かれないように、窓側の男の子と席を替わる。窓を少しだけ開けて、新鮮な空気を吸った。

「袋、持ってるか？」

またしても首を横に振った葉月に、男子はぶっきらぼうにエチケット袋を渡してきた。

「なんで持ってねーんだよ。吐きそうになったらこれ使え」

乗り物に酔ったことなどなかったから、用意もしてなかった——とはなんとなく言いづらくて、黙って突き出されたエチケット袋を受け取る。

教師に頼まれたとはいえ、気持ち悪いと言った子と席を交換しといて自分が酔ってどうする。情けなくて、はあっと小さく息を吐いた。

「なんか、ごめんね」

「……別に」

隣に座る背の高い男子は、そっけない態度で視線を逸《そ》らした。

(車に酔った時は、確か遠くを見るといいんだよね)

遠く遠く。意識して遠くの景色を眺めるようにしていると、少しだけ気持ち悪さが落ち着いてきた。ほっとして視線を近くに引き戻すと、ふとガラス越しに視線を感じた。

その視線は、隣に座る背の高い男子から注《そそ》がれていた。

思わず振り向くと、男子はぎょっとしたように目を見張った。

「な、な、何だよ！」

「え、何か用かと思って」

「別に!!」

ふんっと勢いよくそっぽを向いたかと思うと、ぼそりと呟かれた。

「……もう治ったのかよ」

「うん。落ち着いてきたー。ありがとうね」

「あ、ありがとうって、何がだよ!?」

「え？　窓側に席替わってくれたし、袋もくれたし」

「そんなの……大したことじゃねえよ」

横を向いたまま、男子が葉月の方に手を突き出した。

「これやる」

「何これ」

ぽとりと掌《てのひら》に落とされたのは、体温で温かくなったキャンディーだった。

「なんかあったかいよ、コレ」

「うるせえ。酔った時は、飴《あめ》舐めたりガム食べるといいって、母さんがよく言ってたから」

ぴりっと袋を破ってこっそりキャンディーを口に入れる。レモンの味にまじって、爽やかなミントが鼻に抜ける。

「……美味《おい》しい。ありがとう」

「別に」

横を向いた男子にかける言葉もなく、葉月も窓の外に視線を移した。

「カズキ！　工場が見えてきたぞ！」

後ろに座る友達に声をかけられ、隣の男子は窓の方へと目を向けた。

その時、またガラス越しに目が合った気がしたのだけれど、何故だかドキンとして慌てて視線を逸《そ》らしたのは葉月の方だった。

たったそれだけのことだが、ずっと忘れていた。

「カズキ！　行こうぜ！」

「おお」

友達に誘われて立ち上がった彼が、一瞬心配そうに葉月に視線を向ける。

（カズキって……誰だっけ。カズキ、カズキ……）

ゆっくりと瞼《まぶた》を開けると、同じように誰かが心配そうに葉月の顔を覗《のぞ》き込んでいた。その顔に、少年の顔が重なる。

「カズ……キ……」

夢の中で呼ばれていた名前を無意識に口にすると、目の前の男の表情が一変した。

「なっ、なんでお前っ……！」

ゆらりと首からぶら下がった社員証が、葉月の目に留まった。

『滝波メディカル第二営業所　木田和樹《かずき》』

「あれ……木田って、カズキって言うんだ……」

「っ！　……誰と、間違えてんだよ」

ムッとした表情で、木田が椅子から立ち上がった。ぼんやりとあたりを見渡すと、どうやら自分は病院のベッドに寝かされているようだった。

夢の余韻が残る頭を必死に働かせ、高熱で病院に来たことを思い出した。

「私、どうしたんだっけ……」

「倒れたんだよ。お前、インフルエンザじゃないのか？　こんな高い熱で一時間以上突っ立ってたら、そりゃ倒れるだろ」

「だって……待合室混んでたし……」

ゆっくりと身体を起こすと、木田がじっとこっちを見ていた。

「自分だって熱があるのに、親子連れに席譲ってやったんだって？」

「え？」

「お前が倒れた後、ガキ連れた母親が言ってた。自分たちに席譲ってくれてずっと立ってたから、きっと無理して倒れたんだろうって。何回も謝ってたぞ」

「そうなの？　かえって悪いことしちゃった……」

葉月が席を譲った母親の、気弱そうな顔が浮かんだ。申し訳なさと情けなさで俯《うつむ》いた次の瞬間、ふわりと葉月の頭に優しく手がのった。

「お前……全然変わんないのな」

「……え？」

数回髪の毛を撫でただけで、その手はすぐに離れる。

「外にいるから。診察終わったら、送ってってやるよ」

くるりと背を向けた木田は、カーテンを開けて誰かに声をかけた。

「看護師さーん、目、覚めたみたいです」

ハーイ、と答える声と共にパタパタとこちらへやって来る足音が聞こえる。

「じゃ、な」

そう言うと、そのまま木田はカーテンの向こうへと消えていった。

熱に浮かされ夢か現実かハッキリしない意識の中、葉月はぼんやりと木田を見送った。


「検査の結果が出ました。インフルエンザのA型ですね」

「そうですか……」

簡易検査を終え診察室に入ると、若い医師に予想どおりの検査結果を伝えられた。仕事をしばらく休まなくてはと落胆する気持ちと同時に、これでやっと家に帰れるというほっとした気持ちも湧く。

「解熱剤とお薬出しますね。処方箋《しょほうせん》と会計の伝票をお渡ししますから、もう少しだけ待合室でお待ちください」

「ハイ、ありがとうございました」

診察室を出て待合室のソファに座っていると、ほどなくして名前を呼ばれた。立ち上がろうとしたところを手で制され、にこやかな笑顔で近付いてきた若い女性看護師にクリアファイルを渡される。

「小山内さん、お待たせしました。伝票はこのまま会計窓口に出して、処方箋は院内の薬局へお出しください」

「ありがとうございます」

「身体の具合はどうですか？」

「あ、大丈夫です。本当にすみませんでした。ご迷惑をおかけしました」

座ったままとはいえ深々と頭を下げると、看護師はいえいえと手を顔の前で振った。

「お気になさらないでください。こちらこそ、お待たせしてしまってすみませんでした。ところであの……小山内さんは、滝波メディカルの木田さんとお知り合いなんですか？」

「え？」

びっくりして顔を上げると、看護師ははにかんだような笑みを浮かべている。

「あの、小山内さんが倒れられた時に、木田さんが随分心配されていたように見えたので……」

木田とこの看護師は、どういう関係なのだろう。医療機器メーカーの営業と看護師。仕事の付き合いという可能性もあるだろうが、彼女の表情を見るとそうとは思えなかった。

「いえ、あの……取引先の方、なんです。仕事の関係でお世話になってまして、金曜日に接待でご一緒したので、気を遣ってくださったんじゃないかと」

「あ、そうなんですか」

仕事の付き合いだと強調した葉月の言葉に、彼女はあからさまにほっとした表情を見せた。葉月の心にガツンと殴られたような衝撃が走る。

どうして、仕事の関係だなんて言ったのだろう。同級生なんです、とさらりと言えばよかったのに。

でも——髪はボサボサですっぴんの自分と、きっちり髪をまとめてメイクも完璧な彼女。年は同じくらいだろうが、可愛いながらもキリリとした看護師は随分と美しく見え、同じ土俵に立つのすらおこがましく思えた。卑屈《ひくつ》になった葉月の気持ちに気付くわけなどない彼女は、にっこりと爽やかな笑顔を葉月に向ける。

「それでは、お大事にしてくださいね」

そう言って背を向け歩き出した看護師を見つめながら、葉月は渡されたクリアファイルに視線を落として、苦い気持ちでため息を吐いた。

予想よりはるかに高い診察料を払い薬を受け取って外に出ると、正面入口前の駐車場で車に寄りかかっている木田がいた。葉月が出てきたことに気付き、軽く手を上げる。

「終わったのか？　どうだった？」

「う、うん。やっぱり、インフルエンザだった。A型……」

当たり前のように助手席のドアを開けた木田から、慌てて遠ざかる。

「あのっ、私、タクシーで帰るから」

「なんで？」

「だって、インフルエンザなんだよ？　木田にうつしちゃったら困るし……」

厳重にマスクをしてるとはいえ、狭い車内では確実に彼にうつしてしまう。しかし木田は気にする様子もなく葉月の手を取った。

「大丈夫だって。こういう職業柄、季節の初めに予防のワクチンは打ってるから」

「でもっ、必ずうつらないって保証はないし……」

「いいから乗れって。また倒れたいのか？」

やや乱暴に手を引っぱられ、無理矢理助手席に押し込まれた。触れた手の冷たさにびっくりする。どれだけ長い間、木田は車の外で待っていたのだろう。彼の手の冷たさに反して、車内はヒーターが効いていて温かい。

「なんで、なんで外で待ってたの？」

「あ？　……お前の性格考えたら、さっさとタクシーでも拾って帰りそうだから。見逃さないように、外で待ってたんだよ」

それだけの理由でこの寒空の下、葉月を待っていたというのか。鼓動が、少しだけ速くなる。

「お前んち、どこ？」

「えと……さくら町ってわかる？」

「ああ、意外とここから近いんだな」

カーナビもつけずに発車させた木田をちらりと見上げ、葉月は深く椅子に座り直した。

強がってはみても、やっぱり身体はだるい。はーっと息を吐き手を額にあてると、木田がくっと喉の奥で笑った。

「お前、すっぴんだと本当、中学ん時と変わらないな」

「あ！　ちょ、あんまり見ないでよ……」

マスクで顔の半分は隠れているとはいえ、この年で素顔を晒《さら》すのは恥ずかしい。葉月の脳裏には、先ほどの綺麗にメイクをした看護師の顔がちらつく。木田の視線から逃れるように窓の外の景色に顔を向けた。

「木田、今日は眼鏡かけてないんだね」

「今日はコンタクト仕様。基本、営業の時しか眼鏡はかけてない。眼鏡の方が、多少年高《としだか》に見えるんだ」

「えっ。それがいいの？」

「営業は、若く見えると損することの方が多いからな」

「ふーん……？　そういえば、木田はどうして病院にいたの？」

「ああ、あそこの病院にうちの機材を入れてもらってるんだ。今日緊急でオペが入ったらしいんだけど、なんか調子悪いから来てくれないかって言われて。今日は俺が休日当番だったから」

そういえば金曜日の接待の席で古内が、『入れてもらったうちの製品に何かあったら、日曜だろうが夜中だろうが飛んでいく』と言っていた。それはどうやら、こういうことらしい。

「営業なのに、そんなこともするんだ」

「うち、そこまで人数豊富なわけじゃねーし、営業でも簡単なメンテくらいはできないとな。俺、元々は大学もそっち系で、本当は技術者志望だったし」

木田は葉月が家政科のある大学に進んだことを知っていたが、葉月は彼が高校を出てどんな大学に進んだかなんて全く知らなかった。自分は、木田のことをほとんど知らない。そんなこと、今まで気にしたこともなかったのに。

「そうなんだ……会社に戻らなくていいの？」

「心配しなくても、お前を送ってったら戻るよ」

「そう……」

ふうっと熱い息を吐いた。話をしているせいか、なんだか目の前がくらくらする。

「お前、やっぱしんどいんだろ」

「大丈夫……」

「つうかさ、こういう時には彼氏呼べよ。お前んとこの会社、土日は休みだろ？　アイツは何やってんだよ」

「彼氏……って、誰のこと言ってんの……？」

「は？　……ほら、アイツだよ。アイツ。この間、これ見よがしに見せつけてくれたアイツ」

吐き捨てるように木田が言った。誰のことを言ってるのだろう――葉月はぼんやりと思考をめぐらせ、金曜日の接待の席でのことをようやく思い出した。

「ああ、もしかして山下さん？」

「……そうだよ」

ちらりと運転席の木田に視線を向けると、彼は何故か不機嫌そうに目の前の赤信号を睨《にら》んでいる。そういえば、木田がいるかもしれないと接待に行くのを渋った葉月のために、山下が色々と気を遣ってくれていたのだった。そのことを今さらのように思い出した葉月は、ふふっとマスクの奥で自嘲気味に笑った。

（そんな必要、なかったのに）

木田の周りには、きっと先ほどの看護師のような女性がたくさんいるに違いない。葉月と食事に行ったのだって、中学時代の同級生を見つけて久々にからかってみたくなっただけなのだろう。そこにあるのは、好意ではなく懐かしさだ。

『変わらないな』

何度も木田から聞かされたその言葉が、それを物語っている。もう、山下に気を遣わせる必要はない。

「違うよ、山下さんは彼氏じゃないよ」

「嘘つくなよ。俺、男の嫉妬《しっと》は、見苦しいとまで言われたんだぞ。普通そんなこと、ただの同僚に言わねえだろ」

またしばらく考えて、そういえば山下が木田にそんなことを言っていたのを思い出した。『オッサンだってねえ、やるときゃやるんだぞ』と自信たっぷりに言っていた山下の姿が浮かび、笑いが込み上げた。どうやら思った以上に効果があったようだ。

「なんだよ、ニヤニヤして」

「ううん。何でもない……」

かっこよかった？　と子供のように威張《いば》っていた先輩を思い出すと、おかしくてたまらない。きっと家でもいいお父さんなんだろうなあと、しみじみ思う。

高熱のだるさで、葉月は深い息を吐いた。とりあえず誤解を解こうと、前を向いたまま口を開く。

「山下さんは、彼氏じゃないの。だって……山下さん、結婚してるもん」

急に頭がズキズキしてきた。早く家に帰って薬を呑みたい。目を瞑《つぶ》ってマスク越しに深い息を吐く。

「はっ……!?　じゃあ、お前、それって不り……」

木田から驚愕《きょうがく》した声が聞こえてきたが、それよりも自分のマンションに近付いてきたことの方が葉月にとっては大事だった。一刻も早く横になって、楽になりたい。

「あ、次の道で曲がって。ウチ、そこの角《かど》のベージュのマンションなの。ありがとうね。本当……助かった」

そう言って木田を見上げると、彼は口をぎゅっと横に引き結んだ。

「木田？　あの」

「……また倒れたら困るから、家の前まで送ってってやるよ」

「う、うん」

深刻そうな表情は気になったが、正直それどころじゃない。マンションの前に横付けされた車からヨロヨロと降りようとすると、木田が急いで助手席に回って葉月の腕を取った。

「あ……ありがとう」

「どこだよ、お前の家」

「二階の、角の部屋」

「一番奥かよ。不用心だな」

支えられた手に驚いて軽く手を押し返したが、木田が腕を放す気配はない。仕方なく支えられたまま自分の部屋のドアの前にたどり着き、鍵を探すためにゴソゴソとバッグの中を探る。そんな葉月を見下ろしていた木田が、ぽつりと口を開いた。

「あのさ……」

「え、何？」

「お前、一人暮らしなんだろ？　メシとか、どうすんだよ」

「食欲ないし……大丈夫だよ」

「そういうわけにもいかないだろ。買い置きとかあるのか？」

「なんとかなるって。近くにコンビニだってあるんだし」

「インフルエンザなのに、ふらふらと菌を撒《ま》き散らして買い物行く気か？　それにまた倒れたりしたら、周りに迷惑かかるぞ」

「そ、それは……そうだけど……」

だからといって、どうしたらいいのだろう。インフルエンザだということを差し引いても、こんな時に気軽に買い物を頼めるような友人は近くにいない。会社のオジサマたちと親しくはしているが、プライベートの付き合いは全くないのだ。

困って逡巡《しゅんじゅん》する葉月に、木田は小さくため息を吐いた。

「やっぱり……アイツには頼めないよな。家庭があるんじゃ……」

「え？　誰に？」

小さな声がよく聞きとれなくて木田の顔を見返すと、彼は苦しげな表情でなんでもないとばかりに首を振った。

「俺が、仕事帰りになんか買ってきてやるよ。休日出勤だから、そんなに遅くならないと思うし」

「でも」

一瞬脳裏をよぎったのは、ホテルに連れ込まれた時のことだ。身を硬くした葉月に気付いたのか、木田が苦笑した。

「病人にどうこうしようなんて考えてないって。お前だって困ってるんだろ？」

木田の申し出は、魅力的ではあった。料理が得意な葉月の家の冷蔵庫の中は食材は多いが、調理しなければならないものばかりだ。この体調では、米を炊くのすら正直キツイ。

「今、携帯出す気力あるか？」

「それくらいは大丈夫……」

ごそごそと再びバッグを探って携帯を取り出すと、木田も携帯を取り出した。最新式のスマートフォンだ。

「ほら、赤外線」

「え、スマホでも赤外線ってできるの？」

「お前、相変わらずどっか抜けてるよな。できなかったら言わないだろ」

「そうなんだけど……私スマホじゃないから、よくわからなくて」

年配者の多い葉月の会社では、いまだガラケーと呼ばれる折りたたみの携帯を持っている人の方が多い。葉月もなんとなく代える必要性を感じずガラケーのままで、ことあるごとに友人にバカにされる。しかし木田はバカにすることなく、素早くスマートフォンを操作して葉月の前にかざした。

「ほら早く、赤外線」

「あ、ごめん」

携帯を操作して連絡先を交換する。急かされて、ためらう余地もなかった。

「……これでよし。じゃあ仕事終わったら連絡する。なんか買ってきてほしいもんあったらメールくれよ」

「え？　あ、あのお金とか」

「いいって。病人がそんなこと気にすんな。俺はもう行くから、お前は早く中に入って寝ろよ」

「う、うん……あの、本当ごめん」

色々と世話になりっぱなしなのが申し訳なくて、恐る恐る見上げてぽつりと謝罪の言葉を呟く。

ようやく見つけ出した鍵でドアを開けると、身体がまたふらついた。

「危ないって」

木田に腕を取られ、体勢を整える。病院で休んで多少は体力が回復したが、熱がまた上がってきたようだ。

「ごめ……」

「お前、やっぱ身体あっついな」

洋服越しでも、体温の高さは伝わるらしい。支えられるようにして玄関に入ると、葉月はぺたりと床に座り込んだ。

「大丈夫か？　運んでやろうか？」

「ううん、大丈夫……」

かちゃりと力なく鍵を床に置くと、木田が心配そうに葉月の顔を覗《のぞ》き込んだ。

「お前さえイヤじゃなければだけど……鍵、預かってもいいか？　このまま布団に行って、ぐっすり寝た方がいいって。買い物してきても、チャイム鳴らして起こすの悪いし。鍵開けて置いてってやるから」

「うん……」

とにかく横になりたい葉月にとっては、願ってもない申し出だった。再び木田が訪ねてきても、玄関を開ける体力があるかわからない。いくらなんでも、こんな状態の葉月をからかおうとするほど彼もヒマではないだろう。

葉月は再び鍵を手に取ると、木田の手の平に置いた。

「これ……もし私が寝てたら、締めてポストに入れといて」

「わかった」

そう言うと、木田は何故か靴を脱いで葉月の身体に手を添えた。そして、軽々と抱き上げる。

「ひゃ」

二度目の、お姫様抱っこだ。

「下ろせとか重いとか、そういうの今は言うなよ。具合悪いんだから、黙って抱かれてろ」

少し不機嫌そうに言われ、葉月は黙って木田の身体にもたれた。

「ごめん……」

「……何回も謝るなよ」

ほんの数メートルの距離なのに、ふわふわと揺れるのが心地好《ここちよ》かった。熱い身体に、ひんやりとした木田の身体は気持ちがいい。

ふわりとベッドに下ろされ、毛布と布団がかけられる。

「少し休んだら、ちゃんと着替えろよ。じゃあ俺行くから」

「うん……ありがと、木田。行ってらっしゃい」

とろんと目を開くと、心配そうな木田の顔が見えた。大きな手が伸びてきたかと思うと、葉月の髪をくしゃりと撫でる。

「おやすみ」

低い声に誘われるように、葉月はそっと目を閉じた。

何時間眠っただろう。

一度目が覚めたが、這《は》うようにして部屋着に着替えるのがやっとで、震えながらベッドに再び潜《もぐ》り込んだ。熱のせいかぐっすりと眠ることができず、眠りと現実との間を彷徨《さまよ》う。

(こういう時に一人って、やっぱキツイ……)

寂《さび》しい。誰かに傍にいてほしい。さっきまでは、木田がいてくれたのに。

高熱で朦朧《もうろう》としながら震えていると、傍で小さな物音がした気がした。

「だれ……?」

誰もいるわけがないのに、誰かがいる。怖くて目を開けると、優しげな瞳が葉月を見下ろしていた。

「あ、よかった……」

この人は、私の味方だ。それがわかって、葉月は安心して目を瞑《つぶ》る。大きな手が葉月の顔に伸びてきて、ゆっくりと数回撫でた。ひんやりとした感触が心地好くて、頬をこすりつける。

熱い、と小声で呟くのが聞こえた。

「熱くない……寒い……」

身体が熱を持っているのはわかるけれど、寒かった。毛布と布団だけじゃ足りなくて、ずっと震えていたのだ。

ごそごそと人影は部屋を動き回ったかと思うと、布団の上にふわりともう一枚何かが掛けられた。けれど、そんなものじゃ震えは収まらない。

「さむいよ……」

再び葉月の頬を撫でる手に指を伸ばし、そっと握った。一瞬その手は驚いたように怯《ひる》んだが、すぐに優しく握り返してくれる。

「寒いの？」

こくんと頷くと、その人は恐る恐るといった風に布団へと入ってきた。そして、葉月の震える身体を優しく包んで抱きしめる。葉月もなんの躊躇《ちゅうちょ》もなく、大きな身体にしがみついた。

あったかい。小さく呟くと、葉月を抱きしめる腕がさらに強まる。

「葉月……」

耳元で囁《ささや》かれ、葉月の身体がぴくんと震えた。こんなに切なく、名前を呼ばれたことがあっただろうか。

「もういっかい」

無意識にそう言うと、耳元の声がもう一度聞こえた。

「葉月」

吐息が耳にかかり、葉月はさらに身体を震わせた。しがみついた身体の衣服をぎゅっと握ると、その人は葉月の耳朶《みみたぶ》に唇をつけた。そして、縁《ふち》を優しくなぞる。

「もっと……」

今度は熱く、ぬるりとしたものが、葉月の耳に触れてきた。あ、と小さく声を上げると、大きな手が葉月の背を撫でてきた。身体を気遣うような動きの中に、官能的なものが少し加わる。それがわかって、葉月は微《かす》かに吐息を漏らした。

すると、部屋着の中へと、手が入ってきた。熱い身体に、冷たい手が触れる。寒くない？　と聞かれ、葉月は首を横に振った。

寒いけど、熱い。そして、やめてほしくなかった。

葉月の身体をまさぐる手は、柔らかく全身を撫でる。いつしか葉月は、身体をくねらせながら甘い声を上げていた。

「あ、あ、ふぁ……」

目を瞑《つぶ》ったままでいると、唇に柔らかいものが触れた。唇を開くと、さらに中に入ってくる。このキスを知ってる。けど、今までよりずっと気持ちがいいと思った。

柔らかくて、甘い。蕩《とろ》けそうな気持ちでキスに溺れていると、身体が楽になる気がした。

——ねえ。

呼びかけられて、葉月はうっすらと目を開く。

「俺が誰だか、わかってる？」

どうしてそんなことを聞くんだろうと、葉月はぼんやり相手を見つめ返した。相変わらず全身は撫でられていたが、段々と子供をあやすような優しい動きに変わってきている。それに誘われ、再び眠気が襲ってきていた。

わかってるよ、もちろん——

そう言いながら再び目を閉じると、そのまま眠りに落ちていった。

カサカサとビニール袋がこすれるような音が聞こえ、葉月はぱちっと目を開けた。

「あ、悪い。起こしちゃったか？」

すまなそうな声の方に目を向けると、うす暗い中で木田が気まずげな顔で佇《たたず》んでいた。

頭が、ぼんやりとしている。ゆっくりと身体を起こすと、慌てて木田が駆け寄ってきた。

「大丈夫か？　まだ寝てろよ」

「ううん、大丈夫。なんかぼーっとしてて……」

葉月が起きたのを確認して、木田がベッド脇の間接照明をつけた。オレンジ色の灯《あか》りに包まれ、すでに日は暮れて夜が近付いているのを知る。

全身を襲っていた寒気と痛みは消え、代わりに熱が下がった直後の気怠《けだる》い感じがある。喉の渇きを覚え、木田が手渡してくれたスポーツ飲料をごくごくと一気に飲んだ。

「一応メールしたんだけど小山内から返信なかったから、適当に買ってきた」

彼がテーブルに置いたレジ袋からは、なんだかいい香りがしてくる。

「うん。ありがと」

「さっきよりは顔色いいな」

なんのためらいもなく、木田は葉月の額にスッと手の平を添えた。ひくっと息を呑み固まった葉月に気付かなかったのか、その手はごく自然に離れる。

「ん。熱はまだあるみたいだけど……だいぶ下がったんじゃないか？」

「あ、そう……かな」

熱は下がったのだろうけど、触れられた額は逆に熱い。葉月の様子にほっとしたのか、木田はふーっと深い息を吐いた。

「お前、随分辛そうだったから心配したんだぞ。とりあえず、楽になったんならよかった」

「うん……」

眠っている間、何か夢を見たような気がする。

大きな身体に抱きしめられ、温められ、その後――

葉月の指は、無意識に唇に触れていた。

「どうした？」

木田に突然顔を覗《のぞ》き込まれ、葉月は慌てて首を振った。

「な、なんでもない！」

俺が誰だか、わかってる？　と聞いてきたのは、木田だったような気がするが、そんなわけがない。

（やだな、私……欲求不満なのかな）

一人動揺する葉月をよそに、木田はキョロキョロと落ち着きなく部屋を見渡している。それなりに綺麗にしているつもりだが、隅々まで見られると、どんなボロが出るかわからない。

「あんまりジロジロ見ないでよ。あ、お茶……」

「いいって。お前、病人だろ。寝てろよ」

そうは言われても遠慮なくベッドに横になれるわけもなく、身体を起こしたままでいると、木田はベッドのすぐ横の床に腰を下ろした。ネクタイを緩《ゆる》めてボタンを外すと、ゴソゴソと買ってきたものをテーブルに並べ始める。

「すぐに食べられて消化の良さそーなモンって、これくらいしか思いつかなくて」

そう言って木田が取り出したのは、コンビニのおでんだった。

「あ、なんかいい匂いがすると思った」

「食うか？」

「うん」

もそもそと布団から這《は》い出すと、葉月はテーブルの横に座った。熱で体力を消耗したせいか、急に空腹を感じる。この際、部屋着でいることはもうどうでもいい。

「だいぶ回復したみたいだな。よかったよかった」

ふいに伸びてきた手が、ぐしゃぐしゃと葉月の髪をかき回す。

「あ、頭洗ってないからやめてよ」

「気にしないよ、俺は」

こっちは気にするのだ。それくらいわかってよ、と心の中で呟く。

「お皿出すね」

「いいって。紙皿とかあるし。具合悪い時に洗い物増やしたくないだろ？　味噌いるか？　からしとゆず胡椒《こしょう》ももらってきてるけど」

「何もいらない……」

ガサガサとレジ袋の音をさせながら紙皿と割り箸《ばし》を取り出した木田は、テキパキとおでんを取り分ける。その手際の良さと、準備の良さ。それが表すのは、今までにもこうやって誰かの看病をした経験があるということ。

もしかして、彼女に対してだろうか。何故だか胸がちくっとヒリついた。

「何だよ、ボーッとして。いいから食え」

「……いた、だきます」

余計なことを考えるのはよそう。そう思って箸で小さく切った大根を口に運んだ。

思えば昨日の昼以来、食事らしい食事は取っていない。熱で疲労した身体に、薄味のおでんが美味《おい》しい。

ただひたすら口を動かしていると、ふいに木田が立ち上がった。

「それだけ食えるなら大丈夫だな。じゃあ、俺行くから」

「え、帰るの？　一緒に食べないの？」

「帰ってほしくないの？」

ニヤリと口の端を上げながら吐かれた言葉に、顔が赤くなる。バカみたいに口をぱくぱくさせると、木田は労《いたわ》るような笑みを葉月に向けた。

「冗談だって。具合悪い時って、誰でもいいから傍にいてほしいもんだよな。……お前みたいな状況だったら、特に」

『お前みたいな状況』の意味がわからず少しだけ首を傾《かし》げると、木田の手は葉月の頭へと伸び、ぽんっと優しく叩いた。

「明日も来てやるよ」

「……それはさすがに、いいよ。仕事でしょ？」

「休日当番だったから、明日は休みだ」

葉月の頭から手を離して玄関へ向かった木田の背中を、慌てて立ち上がり追う。

「食べたら薬呑んで寝ろよ。熱、まだ完全には下がってないんだから」

「うん……ありがと」

木田はポケットをごそごそ探ると、部屋の鍵を取り出し、葉月の手に置いた。

「じゃあな。ちゃんと鍵はすぐ締めろよ」

「うん。本当、ありがとう」

素っ気なく、玄関のドアが閉まった。言われたとおりに鍵を締めて、息を吐く。

木田が来る前に見た夢の余韻が、今頃になって込み上げてくる。身体を撫で回された感触が生々しく残っていて、思い出すとかあっと顔が赤くなった。

(夢、だよね。だって木田は、あんなに普通にしてたんだし……)

病人の自分に、あんなことをするとも思えない。看護師にモテモテだった彼が、欲求不満ということもないだろう。

病院で木田のことを尋ねてきた看護師が再び脳裏に浮かび、それを振り払うように頭を振った。

余計なことは考えない。余計なことにとらわれない。

今は会社の人たちに迷惑をかけないためにも、一日も早く身体を治そう。

「お腹すいた！　こういう時は、やっぱり食べるのが一番だよね！」

わざと明るく言いながら部屋に戻った葉月は、布団の上にもう一枚、いつもはソファに置いてあるブランケットが掛かっていることに気付かなかった。


現実逃避をするには、寝るのが一番だ。

会社に病欠の連絡をして次の日もほぼ一日中眠り続けた葉月は、ピンポンと軽快に鳴り響くチャイムの音でハッと目を覚ました。

窓から差し込む光は赤みを帯びた夕焼け色で、既に陽は傾き、夕方を迎えていることがわかる。

思わず枕元に置いてあった携帯に手を伸ばすと、メールの着信を告げるランプがチカチカと点滅していた。確認しなくても、それが木田からだと想像がついた。

「やば、全然気付かなかった……」

慌てて身体を起こし、その辺に置いてあったパーカーを羽織る。

急いで鍵を外して勢いよくドアを開けると、その勢いに驚いたのか、ドアの外にいた木田が目を丸くした。

「おま……相手も確認しないでいきなり開けるなよ」

「あ、ごめん……」

「いや、謝る必要はないけど。悪い、寝てたんだろ」

「あ、うん……」

どうにも歯切れが悪くなり目を伏せると、ドアの外から別の物音がした。木田の陰から覗《のぞ》くと、今まで会ったことのなかった隣の部屋の住人が帰ってきたところだった。

(あ、隣って男の人だったんだ……)

葉月が引っ越してきた時には女性が住んでいたのだが、数か月前にその女性が越していき、別の人が入居した気配はしていた。でも隣人から挨拶もなかったし、生活リズムも違うようで顔を合わせることがなかったのだ。

ぱっと目が合い会釈《えしゃく》をすると、興味深そうにこちらに視線を向けていた男性も慌てて頭を下げた。それを見ていた木田が、むっとしたように葉月をドアの中へと押し込む。

「わ、ちょっと」

当然のように木田も玄関に身を滑り込ませ、ガチャリとドアを閉めた。

「な、何!?」

「お前な、角《かど》部屋なんだから少しは警戒しろよ」

「警戒って。何もあるわけないでしょ」

「何もねーって言い切れるか？　お前の、その油断はホントよくない。とにかく、男がいるって思わせといた方がいいだろ」

木田はムッとした表情をしていたが、葉月の顔を見下ろすとほっとしたように頷いた。

「お。顔色もいいし、随分調子戻ったみたいだな」

「うん、もう熱も下がったよ」

部屋の中に戻ると葉月はベッドに腰掛け、木田は昨日と同じく床に座る。

「インフルエンザは特効薬があるからな。薬さえ飲めば熱は比較的早く下がるし、考え方によっちゃあ普通の風邪よりマシかもな」

「そうなんだ。詳しいね」

「まあ、職業柄な。先生や看護師と雑談したら、この時期ならそういう話は絶対出るし」

看護師、の単語にぴくりと反応してしまう。

「あの……熱も下がったし、食べるものなら昨日木田がたくさん買ってきてくれたから、もう大丈夫だよ」

「そうか？」

「うん。せっかくのお休みなんだし……予定とか、出かけるところとかあるんじゃない？　私のとこなんか来てないでさ」

「俺、邪魔か？」

「や、えと、そういうわけじゃなくて……」

なんて言えばいいのだろう。視線をきょろきょろと彷徨《さまよ》わせる。

休みと言っていただけあって、今日の木田は私服だった。眼鏡もかけていない。何度か見たスーツ姿よりも、ラフな格好の方が何故か緊張する。それは、木田がここにいることが仕事とは関係なく、プライベートなんだと意識してしまうからかもしれない。

速くなり始めた鼓動を隠すように、葉月はわざと明るい声を上げた。

「ほっ、ほら！　こんなとこ来てないで、一緒に遊んでくれる女の子とかいないわけ？」

「……お前、どうした？」

木田の低い声に身体がびくんと強張《こわば》った。葉月の考えていることがバレたかと、緊張する。

「邪魔なら邪魔って言えよ。……もしかして、今日誰か来るのか？　平日だもんな」

「……へ？」

しかし彼が言い出したのは訳のわからないことだった。意味がわからず、きょとんと彼を見返す。

「あの、それはどういう意味？」

「別に……言いたくないなら言わなくていいけど」

しばし二人の間に沈黙が流れる。何がなんだかわからず膝の上の手をぎゅっと握りしめていると、ふいに木田が立ち上がった。

「帰るわ。邪魔みたいだし。誰かさんが来たら……困るのはお前だろうし？」

そう言うと、スタスタと玄関に向かって行く。

「え、あの、誰かさんって？」

急に機嫌の悪くなった木田を、不思議に思いながら追いかける。

「ちょっと、なんか怒ってる？」

「怒ってねえよ。……ムカついてはいるけど」

「ムカついてるって、怒ってるってことじゃん」

思わず木田のシャツの裾を力いっぱい掴むと、彼は勢いよく振り返った。

「なんなの？　お前」

「え」

「俺が前に言ったこと、忘れた？」

「え、えっと……」

「悪いけど、酔っぱらってたから言ったわけじゃないぞ。お前は、そういうことにしたいのかもしれないけど」

頭の中に「？」マークがたくさん並ぶ。木田の怒りの理由がわからなければ、『俺が前に言ったこと』というのも思い出せない。

ただ、その真剣な目を見れば、彼が感情を抑えているのは伝わってくる。

「あの……ごめん」

「何が」

「よくわかんないけど……木田、怒ってるから」

「……理由がわからないまま、謝るなよ」

木田の大きな手が葉月の手を掴み、シャツを掴んでいた指をゆっくりほどかれる。

「とにかく、今日は帰る。困らせたくて来たわけじゃないし、そんなに元気になったのなら大丈夫だろ」

からない。


「……うん」

引き留める理由がない。なんとなく傍にいてほしい、なんて、言っていい相手じゃなかった。

しゃがみ込んでスニーカーを履く背中を、どこか寂《さび》しい気持ちで見つめた。どこで間違えたのかわからない。

スニーカーを履き終えた彼が立ち上がっても、その顔を直視できずに胸元あたりを見つめていた。

「じゃあ」

「……うん。あの、ホント、ありがとう。すごく助かった」

せめてと思って顔を上げてにっこり笑おうとしたら、ふいに木田の顔が近付いた。

目を見開いた葉月の唇に、柔らかい唇が一瞬触れる。何が起きたのか理解する間もなく、近付いてきた時と同じくらいさり気なく木田の顔が離れた。

「……これくらいのご褒美、もらってもいいだろ」

瞬《まばた》きも忘れて呆然としている葉月をちらりと見て、木田は静かにドアを開けて出て行った。


『嫌いとか、す、好きとか……そういう対象じゃないって言うかっ』

『じゃあそういう対象で見て？』


（も……もしかして、あれ――――？）

連れ込まれたホテルで言われたセリフを唐突に思い出し、真っ赤な顔で葉月は立ち尽くした。

それから数日後。

ピンポーン。

部屋に鳴り響くチャイムの音に、葉月はぴくりと顔を上げた。

就職して地元から離れると、アポなしで部屋を訪ねてくるような友人はほとんどいなくなった。

だが、ここのところ、ほとんど同じ時間帯での訪問が続いている。

ドアの向こうの相手は一人しかいない。

嬉しいわけじゃないからと自分に言い聞かせながらも、玄関に向かう足取りはどこか急ぎ足になる。なんとなくもったいぶってひと呼吸置いてからドアを開けると、その人は一瞬顔をしかめた。

「だーかーら！　ちゃんと確認してから開けろって言っただろ」

そう言って、遠慮もなく玄関に身を滑り込ませるとドアを閉める。むっとした表情で葉月を見下ろしているのは、眼鏡をかけたスーツ姿の木田だ。

「同じこと何回も言わせんな。なんかあったらどーすんだよ。お前のその性格じゃ、セールスだって断れないだろうし」

「大丈夫だってば」

口うるささに閉口しているフリを必死に装うが、どうしても口元は緩《ゆる》んでしまう。それに気付かれないように視線を落とすと、すっと頬に木田の手が伸びた。

「顔色もいいし、すっかり元気そうじゃん」

いつの間にか、木田はこうやって葉月に触れるようになった。わざと、なのだろうか。気遣うように触れてくる手は大きくて温かくて、ふざけ半分で葉月の頭を撫でてくる職場のオジサマたちとは全く違う。

「もうとっくに元気になってるってば」

面倒くさそうな顔を無理やり作りながら、葉月は身体を後ろに引いた。

——あの日、いきなり玄関でキスをされ、どうしていいかわからなかったのは、葉月の方だけだったらしい。

衝撃的すぎる出来事の翌日、何食わぬ顔で部屋に来た木田は、前日のことなど忘れてしまったかのような態度だった。戸惑う葉月をよそにずかずかと部屋に入ってきた木田は、どさりとテーブルに大きなレジ袋を置いた。中に入っていた大量の食べ物や飲み物を見て、葉月は目を丸くした。

「昨日だってたくさん買ってきてくれたのに……こんなに冷蔵庫に入りきらないよ」

「いるのだけ取れよ。後は持って帰るから」

まだ病み上がりのためか、それほど食欲があるわけじゃない。申し訳なく思いながらヨーグルトやアイスなど軽めの食べ物をもらう。

(どうしよう……何を話せば、いいのかな)

そんなことを考えてモジモジしている葉月をよそに、木田はさっさとコンビニ弁当を取り出して食べ始める。

「そんなに早食いしたら、お腹壊すよ。っていうか、まだ食べるの⁉」

「……男の食欲なめんなよ」

弁当を食べ終わったかと思うとレジ袋からおにぎりとパンを取り出し、それもペロリと平らげた。

そして、唐突に立ち上がる。

「じゃー、俺帰るわ」

「え？　あ、うん……」

突然すぎて、引き留める理由さえ見つからない。前日の甘い雰囲気などなかったように、あっさりと帰っていった。

それが、三日続いた。

（なんか……色々気にしてた私の方が、ちょっとバカみたい？）

相変わらず自然体というか図々しいというか、今日も葉月の許可なく部屋に上がった木田は、テーブルにレジ袋を置くと勝手にくつろぎ始めている。

『俺が前に言ったこと、忘れた？』

こっちのことなど全く意識していない様子に、ああ言われたことさえインフルエンザの高熱のせいで見た幻覚のように思えてくる。

（木田の方こそ、忘れてるんじゃないの⁉）

病院で葉月に木田との関係を聞いてきた、綺麗な看護師を思い出す。淡いピンクのナース服がよく似合う、スレンダーな身体。自分のようなぽっちゃりした体形だと、ああいう淡い色合いを着るのは躊躇《ちゅうちょ》してしまう。いわゆる膨張色《ぼうちょう》というやつだ。たとえ制服だとしても、できることなら着たくない色合いである。

グレーのカットソーに黒のヨガパンツという色気も何もない格好で、葉月は小さくため息を吐いた。あの看護師が木田に少なからず好意を抱いているのは、女のカンでなんとなくわかった。ああいう綺麗な人が周りにいる彼が、どこをどう間違って自分をかまっているのか理解できない。

中学の同級生というのは、かまいたくなるほど懐かしいものだろうか。

「ねえ、木田」

「ん？」

葉月のベッドを背に慣れた様子で座っている木田に、声をかける。

「木田は、中学の友達と続いてたりするの？」

「あんまり。M高に行ったの、結局俺ともう一人しかいなかったからな。高校とか大学の奴らとはよくつるんでるけど、中学となるとそれほどでもない」

「そっか……」

口元に手を添えて、考え込む。それなら、偶然再会した葉月を懐かしく思うのも無理ないかもしれない。たとえそれほどいい思い出がなかったとしても、懐かしいことには変わりないだろう。

考え込む葉月をよそに、木田はレジ袋からガサガサと何かを取り出し始めた。

「あー、腹減った」

今日もまた当たり前のように木田がコンビニ弁当を取り出した時、あ、と葉月が声をかけた。

「あの、さ……今週ずっと、ご飯買ってきてくれてたでしょう？　おかげで調子もよくなったから、今日はご飯作ってあるんだけど」

「え？」

バリッと弁当のラップを剥《は》がしかけていた木田が、驚いて手を止める。

「マジで？」

「うん」

中学の時や再会してからされたことを忘れたわけではないが、インフルエンザにかかった葉月を助けてくれたのもまた彼だ。きちんとしたお礼をする前に、せめて少しでも感謝の気持ちを表したかった。

インフルエンザの菌を撒《ま》き散らすわけにはいかないと外出を控えていたが、幸い冷凍庫にストック食材がある。下ごしらえは済んでいるものばかりだから、簡単な食事なら病み上がりでも用意できた。

「なんかいい匂いすんなーとは思ったけど、隣の家かなんかだと思ってた。え、俺も食っていいの？」

「もちろん。これだけ世話になって食べるのは私だけとか、そんなの鬼でしょ」

笑いながらキッチンに立つと、スープの入った鍋にカチリと火をつける。

「あ、でも……お弁当買ってきちゃったんなら、悪いことしたね」

「い、いや！　こんなの明日の朝食えばいいし！　なんなら昼に食う」

「お腹壊すってば」

クスクスと笑いながら、葉月はさきほど炊きあがったばかりのご飯を茶碗によそった。遊びに来るのはもっぱら女の子ばかりで、それゆえにお客様用のお茶碗もラブリーなピンク色だ。彼には笑えるほど似合わないが、まあいいだろう。

「手伝うか？」

慌てたように立ち上がった木田がキッチンに入ってきたが、そうすると狭いキッチンはいっぱいになってしまう。

「いいって。もう体調は随分いいんだし……ていうか木田が入ってきたら狭い」

照れ隠しで大きな身体をそっと押すと、しぶしぶ彼は元の位置に戻った。

「木田ってさあ……ホント、大きいよね。この部屋狭いから、なおさら圧迫感を感じるよ。中学の時はそんなに思わなかったんだけど」

「前も言ったけど、あんまり変わってないんだぞ」

木田はふてくされたように口を尖らせた。同じ制服を着ていた中学時代と違って、スーツを着てすっかり大人になった彼だからそう見えるのだろうか……などと、ぼんやり思う。

「はい」

病み上がりなので消化によいものを食べた方がいいだろうと、自分中心で考えたメニューは具が多めの味噌汁と豆腐ハンバーグだ。買い物に行ってないから生野菜がないのは仕方がない。代わりに切干大根の煮物を添えた。

洗い物が面倒だからとワンプレートに盛り付けて彼の前に置くと、木田は目を丸くしてじっと皿を見つめている。

「え、どうしたの？」

「あ、いや……意外というかなんというか」

「私が作るものなら、油コッテリのご飯が並ぶと思った？」

友達に話すように自虐ネタをまじえて話すと、木田は眉をひそめた。

「そういう言い方やめろって。単に、病み上がりでも、こういうのがさらっと作れるのがすごいなって感心してたんだよ」

誉められて嬉しいのに、それを隠して葉月は無言で箸《はし》を取った。同じく割りばしを手に取った木田は、両手を拝むように合わせて「いただきます」と小さく言う。

「うまっ」

木田は煮物を口に放り込みそう言うと、ものすごい勢いで食べ始めた。葉月は呆気に取られたのが半分と、なんだか胸がいっぱいになったのが半分で、思うように箸が進まない。

「お前、全然食べてないじゃん。まだ調子悪いの？」

「え……あ、うん。まあ、まだちょっとね」

心配そうに顔を覗《のぞ》き込まれ、慌てて味噌汁を口に含む。

実際ここ数日は普段より少しだけ食欲が落ちていて、食事の途中に箸を置いてしまうことも多かった。いつもなら、こんなことはありえない。どちらかというと病気でもモリモリ食べる方で、風邪を引いたから体重が落ちたなんて全く無縁の話だった。なのに——食事をしているとどうしても木田を思い出して、ご飯が最後まで食べられなかった。

病院では熱が下がってからも三日は会社を休むように言われていて、今日がその三日目だ。明日は金曜日だから休んでもいいとは言われたけれど、仕事も心配だし出社すると伝えている。そのことを木田にも伝えてあるせいか、彼は心配そうな目を葉月に向けた。

「大丈夫か？　明日から仕事行くんだろ？」

「うん、大丈夫だよ。金曜日だから、明日行けばまた土日は休みだし……いきなり仕事休んじゃったから、迷惑かけてないか心配だしね」

「……会いたい人もいるし？」

「へ？」

何のことだろうと、木田の顔を見つめ返す。

「そりゃあ、まあ……いることはいるけど」

会いたい人という表現はなんだか違う気もするが、確かにパートの丸山には一刻も早く直接会って謝りたい。突然休んでしまった葉月の代わりに残業もしてくれているはずだし、迷惑をかけたのはあきらかだ。

(あ、そういえば……滝波メディカルとの契約って、どうなったのかな)

一応目の前に仕事の相手はいるけれど、金曜日の接待のこともあってなんとなく聞きづらい。ちらりと木田の様子を窺《うかが》ってみると、さっきより食べるスピードが落ちているように見えた。

そろそろお腹いっぱいなのかもと立ち上がりお茶を淹《い》れていると、木田がこちらに視線を向けないまま口を開いた。

「あの、さ」

「うん」

言いよどむ姿を不思議に思いつつ、彼の前に温かいお茶を置く。

「元気になったんなら、俺、もうここには来ないから」

「え？　あ、そう……」

そんなこと、わざわざ宣言しなくてもいいのに。

もしかして、木田がここに来てたのは、金曜日に接待で会ったから？　それとも、偶然目の前で自分が倒れたから？

そんな責任感から自分のもとへと顔を出していたのだろうか。そう思うと、ちくんと傷ついた。優しくされて、素直に喜んでいた自分はなんとも滑稽《こっけい》だ。落胆した様子を見せないように、葉月は無理に笑みを浮かべた。

「なんか……色々迷惑かけちゃってごめんね。本当感謝してるよ」

「いやそれは、俺がしたかっただけだからいいんだ。むしろ、邪魔だったかもしれねーし」

「邪魔って……どうして？　そんな風に言ったことないじゃない」

葉月がそう言うと、木田はちらりと探るような視線を向けてきた。

「そっか。それならよかったけど」

「うん。ほら、一人でいると退屈だし……話相手がいるのって、嬉しいよ」

いものだった。

「お前、寂《さび》しいんだな」

いつものように軽口を叩かれているのかと思ったけれど、彼から向けられる視線は予想外に温かいものだった。

インフルエンザで倒れてからというもの、いつもそうだ。どちらかというと口が悪くて強引なはずの木田なのに、最近その言動が優しくて調子が狂う。優しくされる心地《ここち》好さは職場のオジサマたちで経験済みなはずだけど、彼からされると数倍気持ちが浮き立った。

自分がもっと素直になれば、木田とは別の関係を築いていけるのだろうか。

この一週間弱、インフルエンザでろくに料理もできず買い物にも行けない中で、木田が食べ物をアレコレ持ってきてくれたのには本当に助かった。久々の病気で気持ちも弱っていたし、そんな時に毎日来てくれたのにも救われた。

ちゃんとお礼をしなきゃと、葉月は姿勢を正して座り直した。

「あのね、木田。何かお礼したいんだけど……今度ご飯でも食べに行こうか？　奢《おご》るから」

「別にいーよ。……俺がしたくて勝手にしたことなんだから、お前が義理を感じる必要ねえって」

「義理ってわけでもないよ。このままだと申し訳なさすぎるし」

「……それなら、ちょっと頼みがある」

木田はちらりと葉月の方を見やると、ごくんと口の中の食べ物を呑み込んだ。

「会社の付き合い絡みで、来週の土曜日に顔を出しといた方がいいイベントあるんだ。一人で行くのがアレで……一緒に行ってくれると助かるんだけど」

「アレって何よ？」

「深くは突っ込むな」

会社の付き合いが絡むイベントとやらに、葉月が木田と一緒に顔を出していいのだろうか。

「いいけど……それ、私が行ってもいいようなイベントなの？　会社の人とか来て、場違いになるんじゃない？」

「大丈夫大丈夫。うちの会社の人間はまず顔出さない。友達とか連れて来てって言われてるから、場違いってこともないし」

友達、という単語に、葉月の身体がピクッと反応した。

——それなら、私じゃなくても誰か外の友達を誘えばいいのに。木田が誘えば、あの病院の看護師とか喜んでついていきそう。

そんな嫌味な言葉が喉元まで出かかって、慌てて呑み込んだ。

「イヤならいいんだけど」

「ううん、イヤじゃない、全然！」

勢いよく否定してから、急に恥ずかしくなって葉月は下を向いた。

「ほら、その……木田にはお世話になったしね！　そんなんで、ちょっとでも恩返しできるなら」

お世話になったのは事実だし、そのお礼として彼の頼みを聞くのは別におかしいことでもないはずだ。心の中で言い訳を繰り返しつつそろりと顔を上げると、木田はふっと顔を綻《ほころ》ばせて笑った。

「助かる。サンキュ」

（わ……）

大人になって雰囲気も随分変わったのに、元々持っている笑顔というのはあまり変わらないようだ。くしゃりと顔を少し崩す笑い方は、中学の頃と全く同じだった。

思えば木田と再会してからというものの、彼が見せてくれた顔はどこか大人びたクールな、葉月には見慣れないものだった。懐かしい笑顔につられ彼の顔をじっくり見ていると、ご飯をパクパク口に運んでいた木田が、それに気付いてぎょっとしたように目を逸《そ》らした。

「な、なんだよ、じっと見て」

「あ、いや。なんていうか、元から持ってる表情みたいなのって……中学の頃から変わらないなって思って」

「俺が？　そうか？」

「うん。笑った顔とか、あの頃のまま。なんか変な感じだよ、もういい大人なのにね」

中学の卒業間際に気まずい関係になり、さらに再会してからも決して仲が良いというわけではないのに——

（どうしてだろう。なんだか、嫌いになれないっていうか、むしろ……）

そんなことを考えながらお茶をすすっていると、木田がコトリと箸《はし》を茶碗の上に置いた。

「あのさ、お前……やっぱ、寂《さび》しいよな」

「ん？」

しんみりと言われ、葉月は首を傾《かし》げる。

「そりゃあ、一人暮らししてるんだもん。こうやって病気になった時とかは、寂《さび》しいけど……」

でも、どちらかといえば寂しいという感情はそれほどない気がする。地元から離れてしまったせいで友達と遊ぶ機会は少ないが、仕事は充実しているし飲みに連れていってくれる職場のオジサマたちもいる。元々趣味もインドアなものが多いので、一人で過ごすのはわりと得意だ。

「でも、木田だって一人暮らししてるって言ってたよね？　だったら同じじゃないの？」

「俺は別に寂しくねえよ。そもそも俺とお前じゃ、状況が違うだろ」

同じ社会人で同じ一人暮らしなのに、何が違うのだろう。

「もしかして、俺はモテモテだから暇もないし寂しくないとか、そういう嫌味？」

「バカ、違うよ」

木田は微《かす》かに笑みを浮かべながら否定したが、病院で会ったあの看護師の反応を思えば、あながち間違いとも思えない。それに比べれば、確かに葉月は同世代の同僚はいないしモテた経験もなく、寂しくて可哀想なやつと言われても仕方ない。

なんとなく気持ちが落ち込み無言で斜め下を見つめていると、綺麗に食事を食べ終えた木田がすくっと立ち上がった。

「じゃあ、土曜日付き合ってもらえるか？　車で迎えにくるから」

「あ、うん」

座ったまま見上げると、木田の手がぽんと葉月の頭にのった。

「……それじゃあ、明日は来ないから」

さっきも「もう来ない」と言っていたが、どうしてこうも来ないことを主張するのだろう。寂《さび》しいような、腹が立つような微妙な気持ちになる。

今日の木田はなんだか謎だらけで、葉月は少しだけシュンとなりながら立ち上がった。

「お前さ」

玄関まで見送りに出ると、革靴を履き終えた木田がゆっくりとこちらを振り返った。

「ちょっと、痩《や》せた？」

そう言いながら、大きな手でふわりと葉月の頬に触れてくる。

「そんなことない……と思うけど」

確かにインフルエンザにかかってからは、食欲があまりなくて食事の量も普段の半分ほどだ。けれど、たかが数日食事を控えたからといって簡単に体重が落ちないのは、長年の経験からよくわかっている。

「そうか？　なんかちょっと、頬がこけてるような」

「それって……痩せたっていうよりやつれたって言うんじゃない？　さすがにあれだけ高い熱が出たから、しんどかったし」

肉付きを確かめるだけならすぐ離せばいいのに、木田の手は名残惜《なごり》しそうにすりすりと葉月の頬を撫でたままだ。そうされると、なんだか照れくさいような、もっと触れていてほしいような、くすぐったい感情が湧いてくる。

色々ときわどいことをされて嫌な思いもしたはずなのに、いつの間にか彼の存在を受け入れている自分がいる。中学の時にされたことも、ショックで傷ついただけで、そもそも木田を嫌いだったのかと言われると違う。

触れたままの彼の手をどうしていいかわからず、葉月は息をひそめて立ち尽くしていた。木田もつられたようにじっと頬に手をあてていたが、しばらくすると最後に円を描くようにゆっくりと頬を撫で、その手を離した。

何がしたいのよ、とふざけて問えるムードでもなく戸惑いの視線を向けると、木田は一歩こちらに足を踏み出した。

口を開きかけてはまた閉じるという動作を数度繰り返す木田の姿に、いくら鈍《にぶ》いと言われる葉月でも何かを期待してしまう。葉月がこくんと口内に溜まった唾液《だえき》を呑み込んだのと同時に、木田は何かを決意したように口を開いた。

「あのさ。寂《さび》しいとかそういう理由で……他人のものを頼るのはよくないと思うんだけど」

「……は？」

彼が発した言葉は、葉月が心のどこかで期待していた甘い言葉ではなかった。

言われた意味がわからず、ぽかんと背の高い彼を見上げる。

他人のものを頼る？

含みのある言い方に、どういう意味だと問い返すこともできない。

確かに仕事で周りに助けてもらうことも多いし、残業後の飲み会ではオジサマたちに奢《おご》られっぱなしだ。だからといって、葉月には、他人を頼っているという感覚はほとんどなかったから、その言葉にショックを受けた。

職場の人と一緒にいる時の葉月なんて木田はほとんど知らないはずなのに、そんなことを指摘されてしまうほど自分は甘ったれて見えるのだろうか。

「私……そんなに、他人を頼ってるように見える？」

「そう見えるとか、そういうんじゃなくって言うか、その……辛いんじゃないかと思って」

「辛くはないよ。全然。環境とか、恵まれてると思うし。そりゃあ周りに迷惑をかけてるかもしれないけど……」

木田の顔が微妙に曇ったが、それに気付く余裕は葉月にはもうなかった。

彼と仕事で絡んだのは、木田が会社を訪れた時と接待の時の二回きりだ。接待の席では、確かに「能天気なＯＬ」を意識的に演じていた。けど、それだって葉月が女一人の状況をうまく切り抜けるために身に着けた処世術のようなものだった。

一人前と胸を張れるほど仕事がこなせているとは思わない。女を武器にできるほど、外見的な魅力がないことも自覚している。

そんな自分だけど、職場で上手《うま》く立ち回る方法として、食べ物好きでぽっちゃりとした見た目を活かし、愛想よくして何が悪い。

木田に、葉月の何がわかるのだろう。

誰だって、自分のしていることを否定なんてされたくない。しかも、それがほんの少しでも心を開いた相手となればなおさらだ。言葉は尻すぼみに小さくなっていき、葉月はぷっつりと黙り込んだ。

他人を頼るなと言いながら、どうして木田はここまで葉月に干渉してくるのだろう。優しくされることが嬉しくて、彼との距離が縮まったような気さえしていたのに——

『明日からは来ない』と宣言され、『寂《さび》しいんだろ』と何度も確認され、そのくせ他人のものを頼るなと言われた。木田の言いたいことが全くわからなくて、泣き出しそうなほど悲しかった。

「他人を頼るのがよくないって言うなら、木田のことも頼らない方がいいね」

どうしようもなくイライラしてそう言うと、木田はぎょっとしたように葉月に向き直った。

「違うって、そういう意味じゃなくて……」

「じゃあどういう意味？　木田が何を言いたいのか全然わからない」

「いや、わかるだろ普通。お前、自分がしてることわかってるのか？」

「私がしてることって何？　大体食料買ってきてなんて頼んだ覚えもないし、そんなにイヤならなんで毎日うちに……！」

話しているうちにヒートアップしてしまい声を荒らげると、木田の身体が大きく動いた。あっという間にむくれた顔をしていた葉月を、すっぽりとその腕に包んで強く抱きしめてくる。

「やっ……！　ちょっと、何!?」

ついさっきまでケンカ腰で話をしていたのに、これではますます意味がわからない。彼の腕の中で葉月は大きく身をよじったが、木田の腕の力が緩《ゆる》むことはなかった。

「お前、いつからそんなに強がりになったんだよ」

「はぁっ⁉」

葉月の耳元で囁《ささや》かれる声がひどく甘くて、背中がびくんと反りそうになる。

「別に、強がってなんか……」

言いかけて、『食料買ってきてなんて頼んだ覚えもない』と吐き捨てたことを思い出した。

それは、もしかして強がりなんだろうか。

(え、別に、木田に毎日来て欲しかったわけじゃ……そりゃ、来てくれて嬉しかったけど、それはインフルエンザになって気持ちが弱ってたからで!)

必死に心の中で言い訳をしたところで、それが木田に届くわけもない。ジタバタと暴れる葉月を抑え込むように、木田はぎゅうっと抱きしめる腕の力を強くした。力強いけれど、痛いわけじゃない。葉月が本気で抵抗したらきっとすぐに抜けられるほどの力加減だ。それがわかって、葉月も身動きができなくなった。

体脂肪の多いふくよかな自分とは全く違い、硬く引き締まった身体。それを直に感じて、心拍数はうなぎのぼりだ。

「小山内の身体、柔らかい」

木田はそう呟くと、葉月の髪に顔を埋《うず》めた。木田の吐息が髪にかかり、頬が熱くなる。

「太ってるからとか、そういう反論はするなよ。そういう意味じゃねえから」

口を開こうとした矢先に言われてしまい、ますます葉月の身体は強張《こわば》った。

「なによ……私のこと、デブだって言ったくせに」

「やっぱり聞いてたんだな、あの時」

木田の腕の力が、ぎゅうっと強まる。

「あ、あの時っていつよ」

「自分で言っといて、とぼける気かよ。俺は……ずっと後悔してたんだぞ」

後悔してたなんて、何を言い出すつもりなんだ。

木田が再び口を開く。

「そんなこと、思ってない。あの時も……今も」

「嘘だ！」

「嘘じゃないって」

真剣な声色にくらくらして、葉月はぎゅっと目を瞑《つぶ》った。

何年前のことを言い争っているのだろう。不毛だと思いつつ、自分を捕らえる彼の腕に心地好《ここちよ》さえ覚えてしまう。

「お前にとっては、どうでもいいことなのかもしれないけど。俺の下の名前すら知らなかったくらいだもんな……」

「し、知らなかったわけじゃないよ！　だって木田は木田だもん。ちょっと忘れかけてたっていうか……」

「小学校だって一緒だったのに、忘れるか？　軽くショックだったぞ。俺は覚えてたのに」

葉月の鼓動が、さらに速まった。こんなにドクドクと大きな音を立てていたら、彼に聞こえてしまいそうだ。混乱する葉月は、そこで以前彼に言われたことを思い出した。

好きとか嫌いとか、そういう対象じゃないと言い放った葉月に木田が言った言葉。

『そういう対象で見て？』

葉月は口の中に溜まった唾液《だえき》をこくんと呑み込むと、恐る恐る口を開いた。

「木田って……私のこと、好き、なの？」

葉月の彼氏いない歴は年齢と同じ。就職するまでは男性を避けていたから、まともな初恋もまだだ。こんなことを人に問いかけるのは、当然人生で初めてのことだった。

たっぷり二十秒ほどの沈黙が続き、いい加減何か言えと問い詰めたくなった頃、木田の身体がすっと葉月から離れた。

「そうだよ」

からかわれもせず、バカにされもせず、あまりにまっすぐな視線に戸惑った。

「でもお前、困るだろ」

「………困る？」

そりゃあ、困ることは困る。人生で初めて面と向かって想いを告げられた。気持ちを尋ねたのは自分のくせに、どういう反応をしたらいいかわからない。木田は不思議と堂々としてて、葉月に向ける視線も優しかった。

自分と違って、きっと彼はこういうことに慣れているんだろう。

女性に想いを告げたことも、初めてではないに違いない。

そんな卑屈《ひくつ》な気持ちが込み上げてきて、葉月は木田を見上げていた視線を下ろした。無言でじっとしていると、ぽんと頭の上に大きな手がのった。二、三度くしゃりと頭を撫でたかと思うと、ゆっくり手が離れる。

「じゃあ、来週のイベント頼むな。連絡する」

「あ、うん」

ごく自然にそう言った木田は、普段と同じようにあっさりと玄関から出ていった。取り残された葉月は数十秒ぼんやりしていたが、我に返ると慌てて玄関の鍵をかける。

「う、わ」

なんてことを聞いてしまったのかと今さら羞恥《しゅうち》心が込み上げ、床にぺたりと座り込んだ。好きなの？　と聞いて、そうだよと言われた。

でも、そこから何も進んでいない。困るだろと言われた意味も計りかねて、頭の中はぐちゃぐちゃだ。せっかく下がった熱がぶり返しそうな気すらしてきた。

（困るだろって……いや、そりゃ困るけど、なんて言うか）

今、自分の胸を占めている感情をどう説明したらいいかわからない。胸が熱くて張り裂けそうで、

葉月はちぎれそうなほど強く服を握りしめた。

脳裏に浮かぶのは、意地悪な横顔でもクールな笑顔でもない。

昔から変わらない人懐っこい笑みと、葉月をまっすぐに見つめる優しい視線だ。

明日は仕事に行くと決めていたのに、どうやら今日は眠れそうもなかった。

5　誤解とすれ違い

「おはようございまーす」

翌日。しょぼしょぼする目をこすりながら出勤すると、事務室に入った途端に「おおっ」とどよめきにも似た声が上がった。

「葉月ちゃん、やっと来たか！」

「一人暮らしで大丈夫だったかー？」

「元気印がいないと、会社が静かでいけねーな」

あっという間にオジサマたちに取り囲まれたかと思うと、わいわいと四方から声をかけられる。その合間に、机の上にぽんっとお菓子が置かれた。

「ほれ、葉月ちゃん。快気祝い」

「ありがとうございます……って、佐藤《さとう》さん、これどう見ても得意先からもらったお菓子じゃないですかあ！　でも、遠慮なくいただきます」

にっこり笑いながら受け取ると、俺も俺もとばかりにお菓子が積まれていく。苦笑しながらそれら全てを受け取り、葉月はようやくひと息ついた。

「葉月ちゃん！　今日はお休みかと思ってたのに、もう大丈夫なの」

「丸山さん！」

葉月がいない間、間違いなく一番迷惑をかけたと思われるパートの丸山が出勤してきた。慌てて立ち上がって、深々と頭を下げる。

「急に休むことになってしまって……本当にすみませんでした」

「何言ってんの。インフルエンザだから仕方ないじゃない。私もいつも子供の用事で休んだりしてるし、かえって葉月ちゃんに普段の借りが返せたみたいで嬉しかったわ。元気になってよかったね」

肩をぽんと軽く叩かれ、ほっと胸を撫で下ろす。

「あら、葉月ちゃんちょっと瘦《や》せたんじゃない？」

「あー……ほんの少し。でも瘦せたって言うか、やつれただけかも」

オジサマたちには何も言われなかったが、女性にはわかるらしい。木田に瘦せたと言われたのもあり、今朝、体重計を引っ張り出して久方ぶりに乗ってみた。確かに、少しだけ体重が減っていた。たかだか一週間程度で減った体重なんてすぐ戻るかもしれないが、瘦せたと言われるとやっぱり嬉しい。

「葉月ちゃん一人暮らしだったよね？　寝込んでる間、ちゃんとご飯食べてた？　買い物にも行けないし大変だったんじゃない？」

「え、ええ……まあ、なんとか」

そのあたりは突っ込まれると答えづらく口ごもっていると、背後からバタバタと足音が聞こえてきた。

「葉月ちゃん！」

「あ、山下さん」

葉月の姿を見つけて走ってきたのか、ひどく慌てた様子だ。

「おはようございます。どうしたんですか？」

「どうしたのって！　葉月ちゃん、大丈夫だった⁉」

山下の勢いに、少々怯《ひる》みながらも頷く。

「あの、大丈夫です。インフルエンザは、薬さえ呑めば結構すぐ楽になりますから。ご迷惑をおかけ……」

「いや、そうじゃなくてさ！」

そうじゃなくて？　意味がわからずきょとんと首を傾《かし》げると、葉月の代わりに横にいた丸山が彼に話しかけた。

「そうじゃなくてって……何がよ、山下くん」

「いや、その……葉月ちゃんとは、接待以来会ってなかったもので」

丸山と葉月に訝《いぶか》しげに見つめられ、山下は手を振りながら一歩後ろに下がった。

「ええと、その……はは、なんでもないですよ……」

あきらかに様子のおかしい山下を不思議に思いながらも、葉月はぺこりと頭を下げた。

「ご迷惑をおかけしてすみませんでした！　もうすっかり元気になりましたので、じゃんじゃん仕事持ってきてください！」

いつもと変わらぬ葉月の様子に山下はほっとした顔を見せながらも、やっぱりどこか腑《ふ》に落ちない表情を滲《にじ》ませていた。そのことが気にはなったが、机の上には仕事が山積みだ。そろそろ始業時間だし、まずはこれを片付けるのが先だろう。

「葉月ちゃん～、復帰早々悪いんだけど、三年前に俺が回ってた企業一覧ってすぐ出せる？」

「はい、大丈夫です！　すぐ印刷します」

別の社員にも声をかけられ、葉月は慌ててパソコンの電源を入れた。

「あ、それじゃまた……」

どこか元気がなさそうに去っていく山下をよそに、葉月はひとまず仕事を片付けようとデスクの前に座った。


それから一週間は、あっという間に過ぎた。仕事が溜まっていたことに加えて、営業社員が持ってくる仕事の量も半端ない多さだったからだ。

「皆、葉月ちゃんが休みだからって、仕事持ってくるのを遠慮してたのかしら」

丸山がそう呟くほど、毎日目の回るような忙しさだった。パート勤務で基本残業なしの丸山が帰ってしまうと、残りの仕事は全て葉月に降りかかる。先週たっぷり休んだのだから仕方ないとはいえ、決算期でもないのに連日残業でほとほと疲れた。

「悪いね。この埋め合わせは必ずするから。まあ、とりあえず」

そう言ってお菓子の差し入れをもらうことも多かったが、それを食べている暇もなく、結局は翌日丸山に「お子さんと食べてください」とあげてしまうことがほとんどだった。自身はすらりとして細身な丸山だが、息子の一人が食べ盛りの高校生とあってお菓子類は喜んで受け取ってくれた。

そうして溜まった仕事をようやく片づけ終えた金曜日の終業後。ぐったりと机に突っ伏した葉月に、上司が声をかけてきた。

「お疲れー、葉月ちゃん。どうだ？　今日は久々に飲みに行くか？」

「そうしたいのは山々なんですけど……この一週間は本当ハードで、家に洗い物とか洗濯物とか溜まってて」

「そんなの土日でやればいいじゃないか」

「男の人はすぐそういう風に言うー。延ばせば延ばすほど、家事っていうのは面倒になっていくもんなんですよ！」

——それに、明日は木田との約束が入っているし。

葉月は心の中でそう呟きながら、「それじゃあ、また誘ってください」と言って、帰宅する上司を見送った。

この一週間、忙しくてバタバタしつつも、木田からの連絡が来るかもと携帯を肌身離さず持ち歩いていた。約束は明日だというのに、彼からは電話もメールも全くない。

(好きだって言ったくせに……いや、正確には好きとは言われてないけどさ)

時間どころかどこに行くのかすら全く知らされず、まさか木田は約束したことを忘れているのではないかと不安になってくる。ため息を吐きながらも帰り支度を始めると、ガチャリと事務室のドアを開ける音がした。

「あれ、山下さん、今日は直帰じゃなかったんですか？」

仕事用のファイルを抱えて事務室に入ってきたのは、山下だった。

「そのつもりだったんだけどさ、お客さんの個人情報入ったファイルを間違って持っていっちゃってて……課長は『月曜でいい』って言ってくれたんだけど、このまま持ち帰って何かあったらイヤだから置きに来たんだ」

そう言いながら、山下は持っていたファイルを鍵のかかる戸棚にしまった。

「葉月ちゃんは今帰り？　随分遅いね」

「今週は皆さんが張り切ってたんまりと仕事を取ってきてくれたんで……あ、山下さん。滝波メディカルの契約、おめでとうございます」

木田が勤めている滝波メディカルの営業所の改築工事を、うちが請け負うことに決まったと支店長から聞かされたのは昨日のことだった。

『これでまた、お前さんを接待に連れ出そうとする輩《やから》が増えるな』

葉月を接待に連れて行くと契約が決まるというジンクスが社内にあるので、わざわざ教えてくれたのだ。葉月はただの偶然だと気にも留めていないが、案外男性はそういうゲン担ぎにこだわる人も多いらしい。本当は今日も別の社員から同席を頼まれていたのだが、今週の激務で疲れ果てていたので早々にお断りをしていた。

「ありがとう。葉月ちゃんのおかげだよ」

「とんでもない。私はただ美味《おい》しいものを食べに連れてってもらっただけですから」

「いやいや、今回に限ってはイヤな思いもさせちゃったしさ。なんかろくにお礼を言う暇もなかったけど、本当ありがとね」

そう言った後、山下は少しだけ探るような視線を葉月に向けた。

「あの、さ。その話って……木田くんから聞いたの？」

「え？　違いますよ。昨日、支店長が教えてくれたんです」

「あ、そう……」

普段とは違い、どことなく落ち着かない山下の様子が気になった。

「あのー、木田がどうかしましたか？」

もしかして、彼が先週葉月の家を何度も訪問したことを知っているのだろうか。そんなわけないし、たとえそうだとしても別に彼と何かあったわけではない。木田の気持ちを考えると微妙な関係なのかもしれないが、現時点ではまだ「同級生」としか言えないはずだ。

恐る恐る問いかけてみると、山下は何かを考えるように眉間に皺《しわ》を寄せた。

「実はさあ、先週葉月ちゃんがずっと休んでた時……木田くんに会ったんだよね、俺」

「えっ、そうなんですか？」

毎日のように会っていたのに、木田は何も言ってなかった。驚いて山下の顔を凝視する。

「会ったって言うか、会いに来たって言うか……。余計なことした俺からは言いづらいんだけど……木田くん、俺と葉月ちゃんのこと、誤解してるみたいでさ」

「誤解？　何をですか？」

彼氏だと誤解されてた件は、ちゃんと「彼氏じゃない」と伝えたはずだ。意味がわからずきょとんとしていると、再び事務室のドアが開き、上司が顔を覗《のぞ》かせた。

「山下、戻って来たのか。ちょうどよかった、さっきお前のお客さんから電話が来て、月曜朝イチで見積書のＦＡＸ送ってくれって言ってたぞ」

「げっ。朝イチって、鬼ですかー⁉　今からやらなきゃ間に合わない……」

とほほと肩を落とした山下を見て、ほっとけない気持ちになる。

「あの、手伝いましょうか？」

「葉月ちゃんはもう帰りなさい。今週ずっと残業だったろ？　このままだと月の残業規定を超えてしまうかもしれないから」

上司にそう言われては、葉月が手を出すことはできない。

「ほらほら。病み上がりなんだから、また体調崩したら大変だぞ。今日は早く帰りなさい」

急かすように言われ、葉月は慌てて机の上のバッグを手に取った。

「あの……それじゃあ、お先に失礼します」

「あ、うん。お疲れ葉月ちゃん」

山下の話は気になったが、上司の前で聞くのははばかられる。来週会った時にでも続きを聞けばいいだろう。葉月は二人に頭を下げると、事務室を後にした。

廊下に出た途端、携帯が鳴ってメールの着信を告げる。

『久しぶり。明日、十一時に迎えに行くけどいい？』

素っ気ない内容だったが、「久しぶり」という単語に少しだけ胸が高鳴った。彼に最後に会ったのはほぼ一週間前。その程度の期間連絡を取らないくらい、友人なら普通のことだと思う。それを、「久しぶり」だと思ってくれたのが嬉しい。

葉月は「了解です」と打ちかけて、その文の前に一言添えた。

『うん、久しぶりだね。了解です』

たった一言の意味に、彼は気付いてくれるだろうか。

いつの間にか木田がどんどん心の内側に入ってきていることを意識しながら、葉月は早く家に帰って明日の準備をしようと会社を飛び出した。


約束の十一時ぴったりに、葉月の部屋のインターホンが鳴った。

先週までは毎日鳴っていたインターホンなのに、いつもより大きな音に思えてびくっと飛び上がる。急いで玄関に向かい、ひと呼吸を置いてからドアを開けた。

「よお」

いつもなら『確認してから開けろ』と怒られるところなのに、木田はぶっきらぼうにそう言っただけだった。なんとなく気まずそうな態度が、緊張しているのは葉月だけじゃないと教えてくれて、逆にほっとする。

眼鏡はかけておらず、ネイビーのダッフルコートにほどよく色落ちしたジーンズというカジュアルな出立《いでた》ちだ。きちんとした格好をしていたらどうしようと思っていたが、これならセーターにチェックのスカートの葉月が横に並んでもおかしくはないだろう。

「お天気になってよかったね！」

一気に肩の力が抜けて笑顔で話しかけると、木田は戸惑いながらも笑みを浮かべた。

「ああ。悪いな、付き合わせちゃって」

「ううん。お礼したいって言ったのは、私だからさ。じゃ、行こっか」

とはいえ、どこに行くかは聞かされていない。コートを羽織り玄関の鍵をかけ階下を覗《のぞ》き込んでみると、マンションの入り口には何度か乗ったことのある木田の車が停まっているのが見えた。

ということは、今日のお出かけ先へは車で行くらしい。

「ねえ、今日は一体どこまで……って、ちょっと！」

さっさと歩き出した木田の背中を追いかけつつ、葉月は久々のお出かけに胸が躍《おど》るのを自覚せずにはいられなかった。

行き先をはぐらかされながら連れて来られたのは、車で数十分ほどの距離にある大きな病院のような建物だった。

「ここって……何？」

「病院に併設されてる、老人介護施設。病院にも施設にもうちの機材を入れてもらってて……まあ得意先かな」

「と、得意先⁉」

まさか得意先に連れて来られるとは思ってもいなかったので、車内で甲高い声を上げてしまう。

「ここの介護施設が設立十周年で、イベントっていうか創立祭をやってるんだ。お祭りみたいなもんっつうか。施設の裏で作ってた野菜を売ったり、大道芸人呼んだり。絶対来てくれって言われてさ」

手慣れた様子で駐車場に車を進入させると、案内をしていた職員らしき男性が木田に笑顔で頭を下げた。

「顔パス……⁉」

「なんだよ、その言い方」

職員がすぐに木田だとわかってしまうくらい、懇意《こんい》にしている得意先だと思うと眩暈《めまい》がしてくる。

「なんで、こんなとこ連れてきたのよー！」

「お前、お礼してくれるって言ったじゃん」

ニヤニヤと勝ち誇ったように言われては、返す言葉もない。

「こういうとこに、ヤローで来てもな。拒否反応示されそうって言うか、そもそも誘った段階で全力で断られる。その点お前なら、お年寄り相手にもまんべんなく対応できそうだし」

「まんべんない対応って、どんなのよ」

「接待の様子を見て感じただけだ。うちの総務部長に無神経なこと言われても、さらっと流してただろ。事務の子も総務の連中も、あの部長の無自覚な嫌味くさいとこには毎回腹立ててるのに、お前うまくあしらってたからさ」

急に接待の席でのことを出されて、目を見張った。終始不機嫌そうにしていた彼が、そんな風に葉月を観察していたことにも驚く。

「そりゃ、まあ……普段から伊達《だて》にオジサマたちに囲まれて仕事してないって言うか」

「元々、お前は誰にでも優しいとこあるけどな」

これは、褒められているのだろうか。ちょっと照れくさくなると同時に、ここに連れて来られた意味を一気に理解した。

得意先の創立祭を盛り上げるために、できれば人を連れて行きたい。けれど男友達では付き合ってもらえない。その点、葉月なら問題ないと判断したのだろう。

(なんだ、そういうことか……)

少しだけ落胆しているのは、心のどこかでデートみたいだと浮かれる気持ちがあったからだ。

「じゃ、行くか」

「あ、うん」

乗り込んだ時とは真逆に、葉月は若干沈んだ気持ちで車を降りた。

施設の中に入ると、入り口にいた年配の女性が木田に声をかけてくる。

「あらっ、滝波さんとこの営業のお兄さんじゃないの。眼鏡かけてないから、一瞬誰だかわからなかったわ。来てくれてありがとうね」

「こんにちは。食券たくさんもらっちゃいましたからねー」

木田が愛想よく応じると、その女性はちらりと横にいる葉月に目を走らせた。

「あら、彼女連れ？」

「え、あっ、ちが」

違います、と慌てて否定しようとしたら、手をぎゅっと握られた。

「ははっ、じゃあ中を回ってきます」

手を握られた衝撃と、コイツ何を言っているんだという驚きで、顔が一気に赤くなる。木田を小突こうとしたが、そのまま強引にぐいと引っ張られて中に連れて行かれた。

「ちょっと……なんで」

「今日は付き合ってくれるんだろ？　まあ、そういうことで」

見上げた木田の首筋あたりが、ほんの少し赤いように見える。

「おっ、焼きそばだって。食う？」

「……た、食べる」

戸惑いながらも答えると、木田はポケットの中から折りたたまれた細長い食券を取り出した。ペリペリと数枚ちぎって係の人に渡す。施設に入居している人々にとってのイベント要素が強いからか、食券を受け取ったのは入居者と思しきお婆《ばあ》さんだ。さすがに焼きそばを焼いているのは職員のようだが、接客や販売は入居者が手伝っているらしい。

「焼きそば二つください」

「はいはい、ありがとうね。お二人さん若いから、大盛りにしてあげるからね」

「ちょっと桜田《さくらだ》さん、勝手に皆にサービスしたらダメですよー」

桜田さんと呼ばれたそのお婆さんがちょうど葉月の祖母ぐらいの年齢だったせいか、葉月はふと自分の祖母のことを思い出した。葉月の祖母も三年前に身体を壊して病院に入院し、確かそのまま施設に入ったはずだ。就職した時にはお祝いももらったのに、忙しさを理由にお礼も電話で済ませてしまい、しばらく会っていない。

(おばあちゃん、元気かな……)

「はい、焼きそば二つ。お姉さん、どうぞ」

「あ、ありがとうございます」

焼きそばを受け取る時、皺《しわ》の深く刻まれた指に触れた。懐かしさが込み上げてきてなんとなく笑みを零《こぼ》すと、葉月を見ていたお婆さんもまたにっこりと笑う。

「新婚さんかい?」

「しっ、新婚って、違いますよ」

あたふたしていると、職員が木田に気付いて笑った。

「どこかで見たことあると思ったら、滝波メディカルの木田さんじゃないですか」

「こんにちは、この前来た時にお誘いいただいたんで」

木田は爽やかな笑みを浮かべ、軽く頭を下げる。

「彼女さんですか? いいですねえ」

木田は否定も肯定もせず、ただ笑みを浮かべたまま葉月が持っていた焼きそばを手に取った。この場合、否定しないことは彼女だと認めたようなものだ。

「あ、ありがと……」

顔を赤くしながらそう言うと、目の前のお婆さんはニコニコしながら葉月にまた声をかけてきた。

「若いっていいわねえ。あなたたち、うちの孫夫婦みたい。お似合いだわ」

「え、あ、ど、どうも……」

しどろもどろになる葉月を見て、何がおかしいのか、木田が笑いを堪《こら》えている。たまらず脇をどんと小突くと、それに気付いた職員の人が一緒になって笑った。

「木田さんにこんな可愛い彼女がいるなんて、病棟の職員たちがっかりしますよ」

「またまた、口が上手《うま》いですね。それじゃあ」

さりげなく手を引かれ、売店から離れる。ここは彼の得意先だ。文句を言いたくても、誰かが傍で聞いてるかもと思うと下手《へた》なことは言えない。むうっと口を尖らせていると、木田がぷっと噴き出した。

「随分不満そうな顔してるな」

「そりゃそうでしょ」

ふんと横を向くと、木田の手がくしゃりと葉月の頭を撫でた。その大きな手を、慌てて払いのける。

「こ、こんなとこでそういうことしたら……」

「あーっ！　木田さんじゃないですかぁ」

甲高い女性の声が聞こえたかと思うと、三人の女性が駆け寄ってきた。施設の名前がプリントされたエプロンをつけているところを見ると、どうやらここの職員らしい。

「来てくれたんですね！　ありがとうございますぅ」

「こんにちは。食券たくさんいただいたので、寄らせてもらいました」

彼女たちは女子力全開の笑顔を木田に向けつつ、ちらりと探るような視線を葉月に向けるのも忘れない。

「あれ、お友達ですかぁ？」

この場合は普通「彼女ですか？」と聞くところだろう。女同士だからわかる。彼女たちが、木田の隣に立つ葉月が彼女なわけないとタカをくくってきたことが。カチンと来た。

「そうなんですー。お友達です。ただの、と、も、だ、ちで！」

葉月がにっこりと微笑みながら言うと、隣にいた木田がぎょっとしたように声を上げた。

「おまっ……！」

「何よ。そうでしょ」

むすっとしながら、彼が手に持っていた食券の束を一枚奪う。

「一人で見て回るから、彼女たちとご一緒したら？　私チョコバナナ食べたいし」

「あ、そうだ～！　木田さん、あっちで美味《おい》しいパン売ってますから一緒に行きましょうよ」

「食券なら、まだまだたくさんありますから」

くそう。

なぜだか悔しくてたまらない。くるりと背を向けて木田から離れようとしたら、ぐっと腕を掴まれた。

「待てって、葉月」

（……葉月⁉）

名前を呼ばれたのは初めてのはずだ。なのに不思議とそんな気がしなかった。木田は葉月の腕を強く握ったまま、彼女たちに営業スマイルを向ける。

「すみません。今日はちょっと、彼女と一緒なものですから」

「え、でも……」

葉月がお友達と強調したせいか、一人が怪訝《けげん》そうな顔をする。

「あー、ちょっと今……ふてくされてる最中だったんですよ。な？」

蕩《とろ》けそうな甘い笑顔と声でそう言うと、木田は葉月の頬をつんと突《つつ》いた。

「な、な……」

葉月は、顔を真っ赤にして口をぱくぱくさせるのがやっとだ。そんな二人を見て、職員の女性たちはあからさまに白けた表情を見せた。

「あー、そうですかあ。それじゃあ彼女さんと、ゆっくりしていってくださいね」

「はい、ありがとうございます」

「行こ行こ」

ちらりと葉月にバカにしたような視線を向けてから、彼女たちは連れ立って離れて行った。

「ちょっと！」

三人の姿が見えなくなってから、ようやく葉月は落ち着きを取り戻して木田に詰め寄った。

「いいの!?　ここ、取引先なんでしょ」

「いいよ、別に。取引してもらってるのはお医者さんの方だし、別に女探しに来てるわけじゃないしさ」

「そうかもしれないけど……」

「こっちは仕事しに来てるのに、来るたびに色々誘われるから正直困ってたんだ。だから、いい牽《けん》制《せい》になったよ。サンキュ」

牽制。

それが葉月を連れて来た、一番の理由なんだろう。

「そっか……それなら、よかったよ」

葉月はぎこちなく木田から目を逸《そ》らした。ついでに、掴まれたままだった腕をほどく。どうしてか胸がズキズキとして、そんな反応を示す自分がイヤで仕方なかった。

「……それだけじゃないけど」

「え？」

木田を見上げると、彼は葉月がほどいたばかりの手をじっと見つめていた。

「だったら、何よ？」

「それは……」

木田が、ゆっくりと唇を開いた。その唇から、どんな言葉が出てくるのか。吸い寄せられるように彼を見つめながら、その続きを待っていると。

「木田ちゃーーーーんっ！　今日は彼女連れなんだって？」

ひどく間の抜けたガラガラ声が遠くから聞こえてきて、木田ががくっと肩を落とした。

「……下関《しものせき》先生……」

白衣を羽織ってポケットに手を突っ込んだ三十代半ばから後半くらいの男性が、スキップしながらこちらに近付いてくる。おそらく、木田が先ほど「取引をしてもらってる」と言った医師だろう。二人の前でぴたりと歩みを止めると、その医師はものすごく楽しそうな、それでいて悪戯《いたずら》っぽい笑みを浮かべた。

「お姉さん、名前なんて言うの？」

「え、あの、小山内葉月と言います」

「葉月ちゃんね。なるほどなるほど」

じっくりと上から下まで舐めるように見つめられ、少々居心地が悪くなる。

「うちの女の子たちが、プリプリしてたぞ。木田ちゃんも水臭《くさ》いなあ。そういう子がいるなら、ちゃんと教えといてくれよー。せっかく次の合コンでは木田ちゃん好みの女の子を揃えて……」

「わーわーっ！　せ、先生っ！」

木田が、その医師の前でバタバタと手を振る。

「合コンね……」

思わずぽつりと呟くと、木田が慌てた様子で振り返った。

「付き合いだ付き合い！　人数合わせとか、あるだろ」

「私は行ったことないからわかんない」

「へえっ！　木田ちゃんって彼女は合コンに行かせないのに、自分は付き合いだからって行っちゃうんだ～」

オジサマに慣れた葉月には、この医師が木田と葉月をからかっているだけだとわかっていたが、それでも面白くないものは面白くない。

「キャバクラの次は合コン……」

嫌味まじりにぽつりと呟くと、医師はますます面白そうな顔をした。

「キャバクラ？　俺、それは連れてってもらったことないなぁ」

「先生連れてったら、どんなことになるかわかんないでしょ！」

木田はガシガシと頭を掻きむしったかと思うと、残りの食券を全て葉月の手にぎゅっと押し付けた。

「ちょっとお前、先に食堂行ってて！　チョコバナナ食べたいって言ってただろ!?」

「はあ!?」

勝手にここに連れて来たくせに、都合が悪くなるとどこかへ行けと言うのか。バカにするのもいい加減にしてほしい。フツフツと怒りが込み上げてきたが、彼の仕事相手の前でその事情を晒《さら》すわけにもいかない。

葉月は乱暴に木田の手を振りほどくと、思いっきり睨《にら》み付けた。

「もう知らない！」

そして木田とその医師に背を向けると、食堂に向かってバタバタと走り出した。

知り合いが入居しているわけでもなければ、仕事で出入りをしているわけでもない。食堂に向かってはみたものの、なんとなく入りづらさを感じ、結局葉月は廊下のベンチに腰を下ろした。

（はー……やっぱり、来なきゃよかったのかも……）

連日食料を持って来てくれたお礼をしたいと言い出したのは葉月だけど、それならどこかにご飯でも食べに行ってそれで終わりにすればよかった。得意先に連れて行かれ、彼がそこの職員にモテていることを見せつけられ、さらには仕事相手と合コンに行ってることを教えられ――

なんだか、葉月をへこませるためにここに連れて来られたみたいだ。

（でも、そもそも木田のことを何とも思ってなかったら、こんなにへこむこともないんだよね。私が勝手に怒って落ち込んで……）

肩を落としていると、ふと賑やかな声が聞こえてきてそちらに目を向ける。そこには、子供向けの縁日コーナーがあった。入居者の孫や曾孫《ひまご》が楽しめるようにという配慮だろう。子供たちがヨーヨー釣りをしながらきゃっきゃとはしゃいでいて、傍らにはその様子を嬉しそうに見守る親たちやお年寄りがいる。

ぼんやりとその光景を眺めていた葉月は、ふとその中に見覚えのある女性がいることに気付いた。

「あれ、もしかして……」

ベンチから立ち上がりそろそろと近付き、確信する。

「綾乃《あやの》さん！」

呼びかけると、黒いロングヘアをシュシュで結んだスレンダーな女性が振り向いた。

「あれ、葉月ちゃん？」

そこにいたのは、山下の奥さん、綾乃だった。綾乃とは会社のイベントで何度か顔を合わせるうちに、年が一番近いこともあり仲良くなった。会った回数はそれほど多くないが、サバサバした性格でスタイルの良い綾乃は、葉月の密かな憧れだ。

「久しぶりじゃないー！　どうしたの？　こんなとこで」

「えっと……ちょっと。綾乃さんこそ、どうしてここに？」

「私の祖母が入居してるのよ。創立祭でお祭りやるからおいでって言われて、娘たちの顔を見せに」

綾乃の視線をたどると、仲良く並んでヨーヨーを釣る二人の小さな女の子の姿があった。

「わー、娘さん大きくなりましたね！　去年会社のキャンプで会った時は、もっと小さかったですよね？」

「上の子は、もう幼稚園の年長さんだしねー。でも肝心のおばあちゃんは『焼きそば売らなきゃいけない』って言うから、しばらくここで遊ばせてたの」

「あ……もしかして、焼きそばコーナーにいた優しそうなおばあちゃん？　桜田さんって呼ばれてた」

「そうそう！　その人、私のおばあちゃんなの」

葉月と木田のことを『孫夫婦みたいだ』と言った女性が、綾乃の祖母だと知って葉月は目を丸くした。

「世間って狭いですね！　さっき私そこでお買い物しました」

「ホント？　お買い上げありがとうございますー。葉月ちゃん、インフルエンザでだいぶ会社休んでたんだってね。ちょっと痩《や》せたんじゃない？」

綾乃がマジマジと葉月を見つめた。

「あ、ちょっとだけですけど。寝込んでる時に体重落ちて……今週は仕事が忙しかったのもあったし」

実は、今日木田と出かけることになって、少しだけダイエットをしてたのは誰にも内緒だ。しかし綾乃はくふふと意味ありげに笑うと、葉月の腕をちょんちょんと突《つつ》いた。

「もしかして葉月ちゃん、恋でもしてるのかな？」

「えぇっ！　なんでまた」

「色々聞いてるわよー。ほら、取引先に同級生がいるとかなんとか。うちのバカが、余計なことして引っ掻き回したんだって？」

「引っ掻き回しただなんて、そんな。山下さんには本当にお世話になってて、余計なことだなんて全然！」

ぶんぶんと首を振ると、綾乃はきゅっと葉月の肩を抱き寄せた。

「もー、本当、葉月ちゃんったら謙虚《けんきょ》で可愛いんだからっ！　あ、尚也《なおや》が来たわ」

綾乃が手を振る先に、驚いた顔をした山下の姿が見えた。チョコバナナを二つ手に持って、こちらに歩いてくる。

「あっれー？　どうしたの葉月ちゃん、こんなとこに」

「夫婦で同じ質問ですね」

ふふっと思わず笑ってしまった。木田とのことを知っている山下に言うのはなんだか恥ずかしい気もして、ひとまず誰と来たかは言わずにおいた。

「友達に誘われて。一人で行くのアレだから付き合ってって言われてついて来たんです」

その時、山下の娘二人がこちらに駆けてきたかと思うと、綾乃のスカートにまとわりついた。

「ママー、おしっこ！」

「あー、はいはい。ちょっと行ってくるね」

綾乃はそう言って葉月に微笑むと、二人の手を引きトイレへと行ってしまった。

「娘さんたち、本当に大きくなりましたねー。ますます可愛くなって！」

「いやあ」

チョコバナナを手に山下はデレデレとしていたが、突然ハッとしたように慌てて葉月を見た。

「そうだ！　そういえば、昨日言おうとしてたことの続き！」

「昨日？」

一瞬考え、昨日山下が木田のことで何か話そうとしていたのを思い出した。途端に先ほどの合コンの話題を思い出し、嫌でも表情が険《けわ》しくなる。

「あれ？　葉月ちゃん、どうしたのそんな顔して」

「いえ別に……木田のことですよね？　アイツのことなら、私には関係ないですし」

「いやいや、関係ないとかそういう話じゃなくてさ。彼の誤解を解いた方がいいんじゃないかと思って」

「誤解？」

不思議に思って見上げると、山下はなんだか気まずげな顔をしている。

「木田くんさ、葉月ちゃんがインフルエンザで休みの時に……うちの会社に来たんだよ。と言っても駐車場までで、俺のことを待ち伏せしてたと言うか」

「え？　なんでまたそんなことを」

「いやー、俺に一言文句言いたかったんだと思う。彼の立場からしたらさ」

彼の立場も何も、葉月と木田はただの同級生だ。今の段階ではそれだけなのに、何故、木田は山下に文句など言いに行ったのだろう。

「ちょっと私、言われてる意味がわからないんですけど……」

混乱してきた。頭の中を整理しようとふるふると横に振ると、ゲッとくぐもった声が頭上の山下から聞こえてきた。

「葉月ちゃん、木田くんと来てたの？　俺、どうすりゃいいんだ……？」

山下の虚《うつ》ろな視線を辿《たど》ると、そこには呆然とした顔で立ち尽くす木田の姿があった。

木田は、葉月と山下の顔を交互に見比べたかと思うと、眉間にぐっと皺《しわ》を寄せてこちらに歩いてくる。彼の周りに漂うとげとげしいオーラに、戸惑いつつも声をかける。

「あの……木田？　どうしたのよ」

「……なんでお前、山下さんと一緒にいんの？」

挨拶もそこそこにそう言ったかと思うと、山下が握りしめるチョコバナナを憎々しげに見つめる。

「いや、だから木田くん。君、絶対に誤解してるって……」

オロオロする山下をよそに、木田は葉月の肩を抱いてぐいっと自分の方へと引き寄せた。咄嗟《とっさ》のことに対応できず、葉月は木田の胸にどしんと顔をぶつけてしまう。

「いたっ！　もう！　さっきからなんなのよー!?」

ぶつけた鼻を擦《さす》りながら木田を見上げようとしたが、そのまま大きな手にぐっと頭を掴まれ胸に顔を押し付けられた。まるで、山下に葉月を見せないようにしてるみたいだ。

「俺、言いましたよね？　この前、杉並建設に行った時に。こいつに手を出さないでくださいって」

「う、うん……それは聞いたけど、それはそもそも誤解と言うかなんというか……」

「自分が何してるのか、わかってるんですか？　なんでこんなとこにまで……！」

ここが得意先ということもあり必死に声を押し殺しているようだが、それでも滲《にじ》み出るような怒りを感じる。何がなんだかわからないまま、葉月は勢いよく木田の身体から離れた。

「ちょっと待って木田。さっきから聞いてれば……アンタ、山下さんに何を言ってるの？」

木田が何を誤解してるかは知らないが、とにかくその誤解を解かなきゃいけない。怒った顔で木田を睨《にら》み付けると、木田は何故か悲しそうに葉月を見下ろした。

「お前も……お前だよ。一体どういうつもりだ？　フラフラしやがって」

フラフラ？　その一言にカチンと来た。

「どういう意味よ！　フラフラしてるのは木田の方じゃない！　合コンだキャバクラだってはしゃいじゃって、若い女の子に声かけられたりさ！」

「お、俺がいつはしゃいだんだよ！　声かけられるのだって、別に俺のせいじゃないだろ！」

「人のこと、牽制《けんせい》だとか言って利用してるくせによく言う……」

「利用って、そんなんじゃなくてだな！」

ギャーギャーと言い争いを始めたところで、娘たちを連れた綾乃が戻ってきた。

「あら。……えっと、お知り合い？」

綾乃は戸惑いつつも笑みを浮かべ、首を傾《かし》げて木田と葉月を見つめてくる。

「ええと、その……」

額に汗を滲ませながら山下が口を開きかけた時。

「……帰るぞ」

木田がぐっと葉月の腕を掴んだ。

「はっ!?　え、ちょっと」

ぐいっと後ろに引っ張られて身体がぐらつく。それに気付いた山下が慌てて葉月に向かって手を出した。しかし、山下が触れるよりも早く、葉月の身体は半ば、抱えられるような体勢で木田に引き寄せられる。そして、木田は冷たい声色で山下に告げた。

「コイツに、触らないでください」

山下がぎょっとして出しかけた手を引く。

「ちょ、木田！　さっきから何言ってるの!?」

「それじゃあ失礼します。……あの、奥さん。不快な気持ちにさせてしまってすみません」

「え？　ええ……」

何が何だかわからないといった顔で、綾乃はぽかんとしている。

「あの、本当にすみません……あっ、これ！」

葉月は木田に腕を取られながらも、もう一方の手を思い切り伸ばして綾乃の手に食券の束を押しつけた。

「これ、よかったら使ってください～」

「行くぞ！」

本格的に木田は葉月を引きずり、二人は慌ただしく廊下を駆けて行った。

残された山下と綾乃は、呆然とするしかない。

「……何があったの？　もしかしてあの男の子が、葉月ちゃんと尚也が不倫してるって誤解してるとかいう彼？」

「あー、うん。こりゃ、葉月ちゃん、大変そうだなあ……」

山下がやれやれとため息を吐きながら、可愛い後輩の行く末を案じていることなど、葉月は知るよしもなかった。


木田は無言で葉月を車に押し込むと、いつもより少し乱暴に車を発車させた。

「……木田？」

何度呼びかけてみても、木田は唇を固く結んで前を見たままだ。一体どんな誤解をして、山下にあんな失礼な態度を取ったのか――

不機嫌さを露《あら》わにする木田にこっちまで気分が悪くなり、葉月は外に目を向けると深くため息を吐いた。すると、今までこちらの言動に全く反応しなかった木田が、すかさず口を開いた。

「何、そのため息」

「何って……その原因が自分だっていう自覚ないの？」

つい、口調が剣呑《けんのん》になる。

「俺？」

「木田以外、いないでしょ！」

「……山下さんとその奥さんじゃなくて？」

コイツ、何を言っているのだ。あんぐりと口を開け、運転席の木田を凝視する。

「あんたそれ、本気で言ってる？」

「本気。お前こそ、いつまで俺に隠そうとするの？」

頭の中に「?」マークがたくさん並んでしまう。何を言っているのかわからないまま、木田の運転する車が静かに停車した。怒りのあまりどこに向かっているのか尋ねもしなかったし、普通に葉月のマンションへ向かっていると思っていた。けれど、停車したのはファミレスの駐車場だ。

「ダメだ。これ以上は運転できない。ちょっと話しよう」

木田はサイドブレーキをしっかり引くと、葉月の方へ身体ごと向き直った。

「あの、さ。俺が言う資格もないことは百も承知だけど……何でなんだ？　お前、人のものに手を出すようなヤツじゃなかっただろ」

「だから……さっきから何を言ってるの？　全然意味がわからないんだけど」

鋭い目で見つめられ、思わず身体を後ろに引く。

「……認めないなら、お前のこと力ずくで奪うぞ。俺だって、できるならお前に優しくしてやりたいのに」

奪う？　何から葉月を奪うと言うのだ。

「小山内、こういうのは理屈じゃないってことはわかるけどさ。でも俺、やっぱりいやだ。不倫なんかしてたら、最後に傷つくのはお前だぞ」

思ってもみないことを言われて、葉月はあんぐりと口を開けてしまった。

「ふ、りん？」

「そうだよ」

「誰が？」

「お前の他に誰がいるんだよ」

「……誰と？」

「……っ、だから……山下さんと」

木田の視線が宙を彷徨《さまよ》う。そんな彼を見て、葉月はようやくこの状況を理解した。接待の席で山下が葉月のためにしてくれた牽制《けんせい》が、こんなに大きな誤解を呼んでいたなんて。

「ち、違う！　違う違う！　私、そんなんじゃなくて」

「いいって、無理すんなよ」

木田の手が葉月に伸びてきて、強く抱きしめられた。

「ち、が──う!!」

思い切り腕に力を込めて、木田の身体を突き放す。

「違う！　不倫してない！　っていうか私、山下さんのこと好きじゃないし」

「……は？」

今度は木田が怪訝《けげん》な顔をする番だった。

「いや、好きは好きだし尊敬もしてるけど、それは純粋に同僚としてって言うか……恋とかそんなんじゃなくて！」

彼氏じゃないと説明したつもりでいたので、そんな誤解をされているとは思いもしなかった。木田が何故、山下にあんな失礼な態度を取っていたのかがわかって、葉月は大きくため息を吐いた。

「誤解だよ、誤解。不倫なんかしてないよ」

「誤解？　だってお前、本当に山下さんと付き合ってるんだろ？」

「付き合ってないよ！　言ったじゃない、山下さん結婚してるって」

「そうだけど……ほら、世の中には不倫とかもあるだろ。お前みたいに男に免疫《めんえき》もなくて純情そうなヤツが、モロ騙《だま》されそうって言うか……」

真剣な木田の顔に、申し訳ないがぷっと噴き出してしまった。

「それ、私はともかく山下さんに失礼でしょ。あんな細くて綺麗な奥さんがいて不倫なんて、ありえないから！」

「俺、接待の時に山下さんに『見苦しい』って牽制されたんだぞ。仮にも接待される側だってのに。お前だって、肩を引き寄せられたのに抵抗しなかったじゃねえか。名前だって呼び捨てにされて」

「それは」

答えかけて、言葉に詰まった。そんな葉月を見て、木田も何かに気付いたらしい。

「……なんだよ、その顔。もしかして、あれはわざとか？」

「わざとって言うか、その」

「お前が頼んだとか？」

ギクリと身体が強張《こわば》った。ああいうことを言ってと頼んだわけではないが、木田のことを話してイヤだと言ったのは葉月だ。その結果、山下があんな行動を取ったのだから、葉月のせいと言われても仕方なかった。

「図星かよ。……俺も、嫌われたもんだな」

葉月の顔色の変化に、木田は何か悟ったらしい。吐き捨てるようにそう言うと、ガシガシと頭を掻きむしった。

「き、嫌いじゃないよ」

「じゃあなんだよ」

彼の視線が厳しくて、葉月は目を逸《そ》らして俯《うつむ》いた。

「ごめんなさい……」

「なんで謝る？　それがお前の答えか？」

厳しい口調とは裏腹に、木田の表情はひどく悲しそうに見えた。

「まあ、嫌われてもしゃーないよな。中学時代にあんなヒドイことして……再会してからも、最初は強引に迫っちゃったしな」

ホテルでされたことを思い出して、かあっと葉月の顔が赤くなった。

「そ、それは、そうだけど……」

「俺だってここにお前連れてきて、モーションかけてくる職員を牽制《けんせい》したんだし。おあいこか。悪かったな」

それを言われると、さらに傷ついた。

「そんなつもりじゃなかったって言っても、もう遅いだろうけど」

そう言って木田は静かに息を吐いてから、おもむろに車のサイドブレーキを戻した。

「送って行く」

そして、先ほどまでとは打って変わって静かに車が走り出した。

何か言わなきゃ。

焦る気持ちとは裏腹に、車はどんどん葉月の家に近付いていく。こんな時に限って信号にも引っかからず、景色はあっという間に近所の見慣れた風景に変わり始めた。

ちらりと横を窺《うかが》うが木田は険しい表情で前を向いていて、さっきから一言も発してくれない。どんよりとした息苦しい空気のまま、葉月のマンションの前にたどり着いてしまった。

「ここに来るのも、今日で最後かな」

木田はそう言うと、ふっと鼻で笑った。

「俺、お前に再会できてよかったよ。中学の時から全然変わってなくて、嬉しかった。色々……悪かったな」

「木田、あの……」

「また、さ。機会があったら飯でも食おう。中学のやつらに連絡取ってみて、皆で一緒でもいいし」

このまま、別れてもいいのだろうか。決定的な誤解は解けたものの、今度は葉月の気持ちを誤解されたままで。

必死に自分の中に問いかけてみても、こんな短時間じゃ答えが出ない。

彼氏いない歴二十四年。おまけに、恋愛経験もほとんどない。

力なく笑う木田を前に、葉月はただ困った顔をすることしかできなかった。

「具合悪いのに、しつこく顔見に来て悪かったな。もうそういうこともしない。これからは元同級生としての付き合い、よろしくな」

木田がにかっと歯を見せて笑いながら、手を差し出してきた。数秒迷った後、おずおずと手を出すと、木田はぐっと力強く握ってきた。

手を握られた瞬間、どくんと心臓が鳴った。張り裂けそうな気持ちに混乱しているうちに、木田の手は離れてしまう。

「じゃ、な」

その一言と共に、ガチャリと車のドアにかけられていたロックが開いた。

どうしよう。このままでいいわけないのに。

金縛りにあったように動けずにいると、木田が小さく息を吐いてからふっと視線を運転席側の窓へと向けた。

「小山内。……降りてくれない？」

頭から冷水を浴びせかけられたようなショックを受けた。早く降りろと、言われたようなものだ。

「ご、ごめん……それじゃあ、あの」

なぜだかじわりと涙が込み上げてきて、慌ててこくんと唾を呑み込んだ。

「あの……送ってくれて、ありがとう」

それ以上言葉が続かず、葉月は足元に置いてあったバッグを掴んだ。そっとドアに手をかけ、開く。

これでいいの？

本当に？

そんな葛藤《かっとう》を振り切るように外に飛び出ると、勢いよくバンとドアを閉めた。運転席の木田を窓越しに見つめてみても、こちらを見ることはない。木田はサイドブレーキを解除しギアを入れたかと思うと、荒っぽい発進で行ってしまった。

すぐに角《かど》を曲がってしまったため、あっという間に車は視界から消えてしまう。

葉月はノロノロと階段を上り、自分の部屋の前に立った。鍵を取り出すためにゴソゴソとバッグの中をあさっていると、勢いよく隣の部屋の扉が開いた。

「あ、こんにちは」

反射的に横を向き挨拶をしたが、そこにいたのはいつか見かけた若い男性ではなく、髪の茶色い若い女の子だった。女の子が気まずそうな顔をしていると、すぐ後から若い男の子が出てきた。

「ども」

慌ててペコリと頭を下げ直しながら、葉月は鍵を探す。ようやく探し当てた鍵を手にドアを開くと、同時に隣のカップルは部屋に鍵をかけて廊下を二人で歩いて行った。

急いで部屋に入り鍵をかけ、ほっと息をつく。何か悪いことをしたわけではないが、なんとなくカップルの日常を覗《のぞ》き見してしまったような気まずさが葉月の胸の中を漂う。と同時に、隣人を初めて見かけた時に、強引に部屋の中に入ってきた木田を思い出した。

「ほら、だから言ったじゃん。なんともないって。私なんかが、女の子として見られるわけないのに……」

中学、高校、大学時代と、ずっとそうだった。自分のコンプレックスばかりを気にして、女の子扱いされることなんてなかった。職場のオジサマたちは可愛がってくれるが、それは女の子というより「親戚の子」扱いだ。

今さらのように、木田の怒った顔が脳裏に浮かんだ。

『お前な、角部屋《かど》なんだから少しは警戒しろよ』

なぜ角部屋だとダメなんだろうと不思議に思ったが、後からその理由がわかった。

廊下の奥に位置する部屋は、後ろからつけられてしまえば逃げ場がない。窓が多い分、空き巣の被害にも遭《あ》いやすいと言う。

テレビの特集で初めてそれを知った葉月は、木田が女の子として自分の生活を心配してくれたことに、なんだかむずがゆい気持ちを感じた。

思えば、中学の時だってそうだ。ぽっちゃりとした身体がコンプレックスで、それを『俺は別に太ってねえと思う』とさり気なく言ってくれた。それを覆《くつがえ》された時にあれだけショックだったのは、葉月が彼に対して好意を持っていたからだ。

彼の行動を責めてばかりで、自分の気持ちと向き合っていなかった。

「そっか、私……好き、なんだ」

口にした途端、ぽろりと涙が零《こぼ》れた。

ここに来るのはもう最後だと言っていた。

これからは元同級生として、よろしくって――

「ふ、ふぇぇ……」

――私、何をやってるんだろう。彼はちゃんと好きだと告げてくれた。なのに自分の気持ちに蓋《ふた》をするのが当たり前になって、本当の気持ちと向き合うのが怖かった。

その理由もまた木田だ。中学の時のように、友達以上の感情に気付いてから、突き落とされるのが怖かったのだ。

好きなのかと聞いたら、そうだと言ってくれた。なぜそこで、自分の気持ちと向き合わなかったのだろう――

そんなつもりはなかったのに、彼を拒絶したと思われてしまった。その誤解を解きたいと思っても、別れ際の冷たい言葉が頭をよぎる。

『小山内。……降りてくれない？』

山下に嘘をつかせてまで彼を避けたことに、きっと呆れたのだろう。こんな私を一時《いっとき》でも好きだったことに、うんざりしてしまったのかもしれない。

震える手で携帯を手に取ってみても、木田に何を伝えればいいのかわからない。今さら好きだなんて言えない。そんなつもりじゃなかったなんて、都合がよすぎる。

「私、何やってんだろ……」

葉月は力なく呟き、膝を抱えてうずくまることしかできなかった。

6　告白

「おはようございますー……」

いつもと違う腫《は》れぼったい顔が恥ずかしくて、葉月は俯《うつむ》いて事務室へと入った。

昨日泣きながら眠ったせいか、朝起きると瞼《まぶた》が腫れてひどいことになっていた。映画やドラマを見ても滅多に涙を流すことはなく、泣きながら眠ったのなんて人生初だ。それゆえにこんな風に腫れた目にどんな対処をしたらいいかわからなくて、結局そのままアイシャドウも塗らずに出勤した。

「おはよう葉月ちゃん……うわ！　お前どうした、そんな腫れぼったい顔して」

挨拶をしてそのまま通り過ぎようとした課長が、葉月の顔を慌てて覗《のぞ》き込んできた。

「その、あの……」

こんなシチュエーションは経験したことがないだけに、うまい言い訳も思いつかない。しどろもどろで下を向いてると、ぽんと優しく肩を叩かれる。

「なんかあったにしても、ひどい顔だぞ。給湯室の冷凍庫に保冷剤あっただろ？　あれでちょっと瞼を冷やしてこい」

「は、はい」

理由を詳しく聞かれなかったことにほっとしながら、机にバッグを置いて慌てて給湯室に駆け込む。そして課長に言われたとおり、冷凍庫にあった保冷剤をハンカチにくるみ、そっと瞼の上にのせた。ひんやりと冷たい保冷剤が、腫れた瞼に心地《ここち》好《い》い。泣き腫らした時はこうしたらいいのかと、ひとつ勉強になった。

腫れぼったいとかひどい顔とか、相変わらず口は悪いが、葉月を気遣ってくれるのはちゃんと伝わってくる。詳しい事情には何も触れず、そっとしておいてくれるのもありがたかった。

始業ギリギリまで目を冷やしているといくらか腫れは落ち着いた。それを確認してから葉月はそっと事務室に戻った。

「おはよう！　今日は珍しく遅いなあ」

「おはようございます。その……出勤はしてたんですけど、給湯室の片付けをしてて」

オジサマたちからの挨拶をなんとかかわして席につきほっと息を吐いていると、後ろからポンと肩を叩かれた。

「おはよう、葉月ちゃん。昨日は大変だったね」

「山下さん！」

葉月は慌てて椅子を引いて立ち上がると、深々と頭を下げた。

「昨日は本当に、木田が失礼なことばっかり言ってすみませんでした」

「いやいや、葉月ちゃんが謝ることじゃないって」

「綾乃さんも、きっと嫌な気持ちになられたんじゃないですか？」

「うちのヤツなら大丈夫だよ。ちゃんと説明したし」

「それなら、よかったですけど」

ほっと胸を撫で下ろしていると、山下はニヤニヤしながら葉月の脇を小突いてきた。

「で、で？　昨日はあれからどうしたの？」

「あれからって……別に何も。うちまで送ってもらって、別れましたけど」

「へ？」

山下はきょとんとした表情で葉月を見つめ返した。

「それだけ？」

「はい。あっ！　なんかアイツ、とんでもない誤解してたみたいで……その、なんか接待の時に山下さんが私に気を遣ってくれたのを、あの、不倫してると早とちりしてたらしいんです」

「あー、うん。それは知ってた。先週、木田くんに会ったって言ったじゃん。そのことで釘さされてたから」

「ホントすみません！　山下さんは、私に気を遣ってくれただけなのに……」

「いやいやいや、接待には俺が頼んで出てもらったんだから、それくらいは当然なんだ。綾乃には『余計なことして、むしろ葉月ちゃんに迷惑かけてる』って怒られたけど」

山下は苦笑していたが、葉月は恥ずかしくてたまらなかった。勝手に不倫していると勘違いして、その相手に会いに行ったなんて。

「ほんっとアイツ……何考えてるんだか。本当にすみませんでした。誤解はちゃんと解いておきましたから」

葉月がそう言いながら頭を下げると、山下は慌てて葉月の肩を叩いた。

「本当いいんだって。結局二人がくっついたのなら、それで……」

「いや、別に木田とは同級生以外の何ものでもないですけど」

「え？」

顔を上げた葉月の言葉に、山下が目を見開いた。

「同級生？　本当にそれだけ？　何もなかったの？」

何もなかったかと言われると微妙だが、少なくとも山下に話すようなことではない。元々付き合っていたわけでもなければ、木田に「付き合って」と言われたこともない。

ただ、あっちが葉月のもとから離れていっただけだ。

「何もないですよ、本当。同級生です。ただの」

へらへら笑ってみせると、なんだか山下は残念そうな顔をした。

「そうなの？　木田くん、どう見ても葉月ちゃんのこと好きだと思ってたのに……」

確かに好きだとは言ってくれた。けれどそれに応《こた》えられなかったのは自分だし、きっともう嫌われてしまったに違いない。

「おーい山下、えびす重工から電話入ってるぞ」

「あ、はい！　あ、じゃあまた」

山下が電話に出たのを機に、葉月も自分のデスクに座った。余計なことを考えるのはよそう。

ただ、木田と知り合う前の穏《おだ》やかで平和な日常に戻るだけだ。

「おはよう葉月ちゃん。あら、なんだか瞼《まぶた》が腫《は》れてるんじゃない？　どうしたの？」

出勤してきた丸山に声をかけられ、葉月はえへへと笑った。さっき課長に聞かれた時には突然すぎて何も言えなかったが、目を冷やしながら言い訳を必死に考えていた。

「えっとー、昨日の夜、ＤＶＤ観てたら感動して泣きすぎちゃって」

「わかるわかるー。私なんか年を取る度さらに涙腺《るいせん》が緩《ゆる》くなっちゃってさ～」

丸山の話にも、笑顔で答えられる。そんな自分にほっとしながら、葉月はデスクの上のパソコンの電源を入れた。

何も変わってない、大丈夫だと言い聞かせながら、葉月は山になった見積書の束を手に取った。


——日々の生活は何も変わらない。

その考えが浅はかだったことには、数日中にすぐに気が付いた。

下手《へた》にメールアドレスや携帯番号を交換していたのが、まずかった。

これからは元同級生と念を押されたのだから、向こうから連絡なんて来るはずもないのに——気付くと、ちらちらと携帯を確認している自分がいる。

社会人になってからはつい友達との付き合いもおろそかになってしまい、普段から携帯に来るメールの数はそれほど多くない。来るのはお店からのダイレクトメールばかりだ。なのに、メールが来る度に期待と落胆を繰り返してしまう。

思えば、インフルエンザで寝込んでいる時には必ず日に一通は木田からのメールがあった。

（あれって……多分、私が寂《さび》しいんだろうなって、心配してくれてたんだよね）

今になって、彼が葉月にしてくれたことの大きさが痛いほどわかった。どうしてあの時は気付かなかったんだろう。

はあ、とため息を吐きながらパソコンに向かう。

今日、パートの丸山は休みだ。気分転換に雑談をする相手もいなくてますます気が滅入る。だが、彼女の休みは、葉月が休んだことで丸山の残業が続き、このままだと月の規定時間を超えてしまうとあって急に入れられたものだった。自分が原因で丸山が休んでいるというのに、仕事に身が入らないなんて情けないにもほどがある。

気持ちを切り替えようと、葉月はうーんと大きく伸びをした。そして、ふと今日の来客者の確認をしていなかったと思い、ホワイトボードを見やる。そこに書き込まれていた名前を見て、葉月はひっくり返りそうになった。

「十一時・滝波メディカル様」

（こ、これって……木田の会社だ！）

しかも十一時まで、あと十分しかない。

葉月は引き出しの中から化粧ポーチを取り出すと、急いで事務室を出てトイレに向かった。やる気がなくてメイクを適当に済ませた今朝の自分を呪いながら、急いでアイシャドウを塗り髪を丁寧にとかす。

確か会社のお中元でもらったとっておきのコーヒー豆があったはず——とバタバタとトイレを出

てすぐ、ばったりと人に出くわした。

「お。こんにちは、葉月ちゃん」

そこにいたのは、以前接待の席で葉月の向かい側に座っていた古内だった。ちらりとあたりを見るが、彼の周りには誰もいない。一人で来たのはあきらかだ。

「こ、こんにちは……」

一気に肩の力が抜けた。

そうだ。木田がこの会社に来た時、担当者が休みで代わりに来ただけだと山下が言っていたではないか。木田が来るわけなんかないのに、何を浮かれていたのだろう。

「この間はありがとうございました。どうぞご案内いたしますね」

営業スマイルを浮かべて挨拶をしつつも、内心崩れそうなほどの脱力感に襲われていた。古内は何も悪くないのに、恨めしい気持ちが湧いてくる。

コーヒーを用意して応接室へ運んでいくと、入れ替わりに山下が出て行くところだった。きっと資料でも取りに行ったのだろう。

「失礼します」

そう断って、古内の前にそっとコーヒーを置く。

「ありがとう。あれ、葉月ちゃん、ちょっと痩《や》せた？」

「え？　そう……ですかね。最近体重を計ってなくて……」

インフルエンザ明けにも少し体重が減っていたが、さらに木田とのことがあってからあきらかに食欲が落ちていた。制服のスカートもやや緩《ゆる》くなっていたので、多分痩せたのだと思う。

いつも会っている職場の皆は気付かなかったが、久しぶりに会う古内にはその変化がわかったようだ。

「絶対に痩せたよー。そのせいなのかな？　なんだか雰囲気も変わったね。さらに可愛くなったよ」

「え、あ、その……ありがとうございます……」

言われ慣れない言葉に、思わず顔を赤くして俯《うつむ》く。

「本当本当。この前さー、お医者さんを紹介しようかって言ったけど、それよりも今、俺フリーでさ。よかったら今度、食事でも行こうよ」

押せ押せで話しかけてくる古内にドギマギしながらも、葉月は曖昧《あいまい》な笑みを浮かべることしかできなかった。正直、こういう時にどういう態度を取ればいいのかわからない。

応接室を出なければと思いつつ、どうしても気になって聞かずにいられなかった。

「あのう……き、木田くんは、元気ですか？」

「へ？　木田？」

古内はコーヒーに口をつけながら、きょとんとした顔で葉月を見返した。

「うちの木田と、知り合い？」

「その、実は元同級生なんです。小中学校が一緒で……」

「えっ、そうだったの!?」

古内は目を丸くしながら、飲みかけていたコーヒーをカチャリとソーサーに戻した。

「なんでアイツ何も言わなかったんだ？」

木田は、葉月とのことを会社では話していなかったらしい。

(やっぱり、私なんかと同級生だなんて恥ずかしくて言えないんだ……)

自分がぽっちゃりとした身体で、決して他人に褒められた容姿でないことは充分に知っている。だから彼も、葉月と同級生だと言わなかったのかもしれない。

コンプレックスを刺激され、恥ずかしさで応接室から飛び出したくなった時だった。

「同級生だって言うなら、むしろ教えた方がいいのかな。木田ね……最近、なんか様子がおかしいんだよな」

「え？」

思いがけない言葉に、立ち去ろうとしていた葉月は足を止める。

「こういう職業柄さ、看護師さんに合コンとか誘われることも多いわけ。そんな時、ほら、アイツの見てくれはかなり重宝するから合コン要員として欠かせないんだけど……『もう合コンには行きません』とかいきなり言い出してさ」

そういう古内も、某アイドルのような甘い顔をしている。営業マンなだけあって爽やかで感じもよく、これならさぞかし合コンの誘いも多いだろう。

「仕事をバリバリやり出したかと思うと、次の瞬間にはぼーっと宙を見つめてたりさ。まあデキるヤツだから大丈夫だとは思うんだけど、このままだとなんかやらかしそうで……危なっかしいんだよなあ」

「そうなんですか……」

葉月はお盆を胸に抱きながら、視線を足元に落とした。胸がズキズキ痛む。

「お待たせしました、古内さん。お、葉月ちゃんありがとう」

山下が応接室に入ってきたのを機に、葉月は慌てて頭を下げた。

「失礼します」

急いで退室すると、フラフラと給湯室に向かった。

木田の変化を、自分のせいだと思うのはおこがましいだろうか。

会いたい。

自然とそんな感情が、胸に湧いてくる。

(木田に会いたい。もう嫌われちゃったかもしれないけど……でも、それでもいいから会いたい)

胸がきゅうっと締め付けられる感覚に、葉月は胸に抱いていたお盆をさらに強く抱きしめた。


彼の心は、もう葉月から離れてしまっただろうか。そうだとしても、自分の気持ちを自覚してしまった以上、誤魔化したくない。

葉月は仕事を終え外に出てから、携帯を開いた。連絡を取るのなんて簡単なはずなのに、あんな風に終わってしまったからか、メールを送る勇気がどうしても出なかった。

散々迷って携帯をバッグにしまってから、今度は一枚のメモ用紙を取り出した。そこに書かれているのは、滝波メディカル第二営業所の住所だ。

(木田の会社に行ってみよう……)

そう思いついたのは仕事中のことで、職権乱用だと思いつつこっそり住所を調べた。営業所の改築に備えて、今は駅前のビルの中に仮営業所を構えているらしい。

電車に乗って会社から三つ先の駅で降り、葉月はきょろきょろあたりを見渡した。家に帰る時に利用する電車とは逆方向で、この駅で降りたのは初めてだ。挙動不審に見えないかびくびくしながら、仮営業所が入っているビルを探す。

「あ、あった」

駅前ビル群の一角に、調べてきたビル名と同じ名前があった。ドキドキしながら近付いたところで、はっとした。

約束もせずに職場まで押しかけてきて、こんなのストーカーみたいじゃないか。

しかも突発的に決めたことだから、今日の服装だっておしゃれとは言いがたい地味なスーツだ。仕事中ならともかく、会社帰りにわざわざ見せたい格好じゃない。途端に会いたいという気持ちがしゅるしゅるとしぼみ、代わりに恥ずかしさだけが残った。

(ダメだ……やっぱり帰ろう)

高いビルを見上げながら情けなくもそう決めた時、ビルの中から騒がしい男性の声が聞こえてきた。咄嗟《とっさ》にビルの陰に身を隠して、様子を窺《うかが》う。

「なー、頼むって。どうしても一人足りないんだよー。顔出したら、すぐに帰ってもいいからさ。

な？」

どこかで聞いた声だと思ってそっと覗《のぞ》き込むと、声の主は昼間に会ったばかりの古内だ。

（ということは、もしかして……）

古内が背伸びするようにして肩を抱いているのは、長身の男性。後ろ姿でもはっきりわかる。木田だ。

葉月の心臓が、途端に早鐘を打った。

「だから、もうそういうの勘弁してくださいよ……。顔出すだけって言ったって、クライアント先の看護師がたくさんいたら帰れないし」

「トイレ行くとか言ってさ」

「そんなことしたら、次に営業へ行った時に何を言われるか。イヤです！」

木田は眼鏡に手をあてながら強く言い放つと、肩に回されていた手を強引にほどいた。

「よしわかった！　じゃあ〜今日は俺が奢《おご》ってやるから飯食いに行こうぜ！」

「……今日は合コンがあるって誘ってた流れで、そりゃないでしょ。なんとかして連れてこうとしてるんでしょうけど、俺、本当にもう合コンは行きませんから！」

木田の頑《かたく》なな態度に古内も諦めたのか、やれやれと言いたげに肩を竦《すく》めた。

「どうしたんだよお前、付き合いわりぃな。ちょっと前だって俺らの誘いは全部断って毎日いそいそと帰ってたし、そのくせここ最近は、むすーっとしてふさぎ込んでよぉ。葉月ちゃんも心配してたぞ」

「は、葉月ちゃんって……!?」

木田がぎょっとした様子で古内を見下ろした。隠れて様子を窺《うかが》っていた葉月も、まさか自分の名前が出てくるとは思っていなかっただけに身体が強張《こわば》る。

「おお。今日、営業所改築の打ち合わせで杉並建設に顔出した時に、コーヒー運んできてくれてな。あの子、本当感じいいよなあ。なんかちょっと痩《や》せて、可愛くなってたぞ。雰囲気も少し変わってたかなあ、まあ前のぽっちゃりとした感じも俺は結構好きだけど」

「先輩の好みなんてどうでもいーです。そうじゃなくて！　心配してたたって……」

木田に詰め寄られ古内はきょとんとしていたが、すぐにニヤリと意味深な笑みを浮かべた。

「ほほー。お前ら、なんかあるんだな？　そういえば同級生なんだってな、初耳だったぞ。そんな重要な情報隠しやがって」

「お前らって、小山内は別に関係ないですよ！　同級生ったって、別にわざと言わなかったわけじゃ……！」

木田は慌てて取り繕《つくろ》おうとしたが、もう遅いようだ。古内はニヤニヤしたまま木田の脇を小突く。

「葉月ちゃんに関係ないってことは、お前側の問題か？　元気ですかって心配してたくらいだし……はは一ん、お前、さてはフラれたな？」

木田の顔が、茹《ゆ》でダコのように一気に真っ赤になった。

「な！　ちがっ、そうじゃなくて！」

「そうかそうか。みなまで言うな。あの子、癒《いや》し系で可愛いもんなあ。お前の気持ちもわかるよ。

身体つきもふっくらしてて柔らかそうで、さぞかし抱き心地が……」

「……っ、やめてくださいよ！　アイツのこと、そんな風に言うの！」

木田がものすごい剣幕《けんまく》で言葉を遮《さえぎ》った。驚いた古内が、慌てて木田の背中を宥《なだ》めるように叩く。

「わ、悪かったって！　……んな怒るなよ」

「……俺の方こそすみません。やっぱり今日は、帰ります」

「そうだな。や、俺も傷口えぐるようなこと言っちゃったし……。しつこくして悪かった。今日は諦めるよ。また月曜日な」

古内はそう言ってひらひらと手を振ると、駅の方へ歩き出した。それをしばらく立ち尽くしじっと見送っていた木田は、やがて後ろ姿でもはっきりとわかるほどの深いため息を吐いた。

一部始終を見守っていた葉月の胸に、苦いものが広がっていく。振ったつもりもなければ、彼を傷つけたつもりもなかった。しかし、ここ最近木田がおかしかったと言うのは、やっぱり自分のせいなのだろうか。

(どうしよう。今さら……どんな顔で木田の前に出ていけばいいんだろう)

手を口にあてて考え込んでいるうちに、木田は歩き出してしまった。

このままだと見失ってしまう。葉月は慌てて、物陰に身をひそめながらも彼の後を追った。

どこへ行くのだろうと思っていたが、木田の足取りはどこか定まっていなかった。本屋の店頭で雑誌を手に取ってみたり、女性向けのブティックのウィンドドウをぼんやりと覗《のぞ》いてみたり、何か目的があるというよりはただ時間をつぶしているように見える。

せわしない人の流れの中でゆっくりと歩いている木田は、その整った容姿もあって目立つのだろう。木田とすれ違った女性の二人組が、彼を振り返り立ち止まった。

「ねえねえ、今の人カッコよかったね～！」

「うん。背もめっちゃ高くてさー。なんか、サッカー選手に似てない？　ほら、あの人」

運動音痴でスポーツに興味のない葉月でも、イケメンとメディアにもてはやされているそのサッカー選手の名前には聞き覚えがあった。言われてみれば、確かに雰囲気が似ている。

その二人組は葉月とは全く違い、スマートでおしゃれでメイクも華やかで――

可愛らしい二人を横目で見ながら、感じたことのないじりじりとした感情が葉月の胸に込み上げてきた。

「なんか退屈そうだったよね。声かけてみよっか？」

困る。そんなの。あんな可愛い二人が、声なんてかけたら――

気付けば葉月は歩くスピードを上げ、木田の背中を追った。みるみる距離が近付いて、ほんの二メートル先まで迫る。

「き、木田！」

思い切って声をかけると彼の背中はびくっと揺れ、間髪容《かんはつい》れずにこちらを振り向いた。

「小山内……」

呆けたように葉月を見つめる木田は、次の瞬間にはっとしたようにぎこちない笑みを浮かべた。

「よう。どうしたんだ？　こんなとこで」

――これからは、元同級生として。

自らがそう宣言したことを思い出したのか、普通の態度を貫《つらぬ》こうとしている。それがわかるのは、葉月もきっと彼と同じ気持ちを抱いているからだろう。

「えっと、あの……」

なんとも言えない決まりの悪さを覚えつつも、葉月はちらりと後ろを振り返った。すると、葉月が声をかけたことを知って、さっきの二人組はあっさりと歩き出していた。

心底ほっとすると同時に、自分の性格の悪さを思い知らされ、途端に自己嫌悪に陥《おちい》る。

（私、木田のことを誰にも取られたくないんだ……）

手の届かないものに憧れても、今までは諦めるのが当たり前だった。こんな感情を抱くのは初めてだ。葉月は戸惑い、それでもそれに向き合おうと決意を固めた。

今までは、ずっと木田の方から近付いてきてくれた。今度は自分の番だと、葉月はごくんと唾を呑んで一歩踏み出した。

「あの、会いに来たの」

「誰に？」

「木田に」

数秒間の沈黙が二人の間に流れた。

「……なんで？」

「えっと……その、会わなきゃって思ったから」

木田は葉月の意図がわからないのか、眉をひそめて首を傾《かし》げた。

「なんか、あったっけ？」

「え？　その……ちゃんとお礼とか、してなかったし」

「お礼って……ああ、インフルエンザの時の？　あれなら気にしなくていいよ、俺が勝手にしたことだし」

違う、言いたいのはこんなことじゃない。葉月はぶんぶんと首を振った。

「違くて……あのね」

告白なんて、人生で初めてだ。

上手《うま》く言葉が出てこなくてあたふたしていると、後ろから歩いてきた若い男がどんっと葉月にぶつかった。

「いたっ」

「あぶない！」

よろけた身体を、慌てて木田が抱きとめる。

「大丈夫か？」

「う、うん……」

振り返ってみると、ガラの悪そうな若い男の集団が、葉月と木田のすぐ傍を通り過ぎて行こうとしているところだった。

「道の真ん中に突っ立ってんなよ！　デブ！」

一人の若い男がそう吐き捨て、周りを取り巻く男たちもゲラゲラと笑う。その瞬間、かあっと葉月の顔が赤くなった。

そうだ。こんな自分が、告白なんておこがましい。道行く人にさえ笑われるような自分が。

身の程を突きつけられ、恥ずかしくてたまらなくなった。自分は何を思い上がっていたのだろう。

慌てて木田の腕から抜け出そうとした時、木田が険しい顔で男たちを睨《にら》み付けた。

「……お前、今なんつった」

聞いたこともない低い声。凄みのあるその声に、男たちが振り返った。

「ああ？」

「お前だよ。コイツになんつったって聞いてんだよ！」

怒りのこもった表情と木田の体格に、男たちは一瞬怯《ひる》んだ様子を見せた。けれども、自分たちは集団だということから自信を取り戻したのだろう。顔を見合わせると、ニヤニヤしながら木田と葉月の方へと戻ってきた。

「あー？　デブにデブって言って、何が悪いんだよ」

「悪いに決まってんだろ。発言取り消せ。ぶつかってきたのも、そっちだろ」

「き、木田……いいってば」

慌てて木田の腕を引っ張ったが、彼が葉月の話を聞こうとする様子はない。

「彼氏ぃ〜、彼女の前でいいとこ見せたいのかもしれねえけど、逆効果じゃね？」

「これだけの人数、どうにかできると思ってんのか？」

「まあ金で解決するって言うなら、聞いてやらねーこともないけど」

木田と葉月を囲んで、男たちが品のない笑い声を上げる。怖くなって木田のスーツにしがみつくと、葉月の背中に彼の手が回った。

「人数は関係ないだろ。俺は謝れって言ってるだけだ。大体こっちは道の真ん中に突っ立ってなんかない。お前らが、通りにめいっぱい広がって歩いてるのが悪いんだろ」

「あぁ？」

男のいらだった声に、葉月は身体をびくりと震わせて小声で木田に言った。

「や、やめようよ、木田ってば……」

「俺、イヤなんだよもう」

「え？」

優しい声色に思わず彼を見上げた。

「好きなやつのことからかわれて腹立ってるのに黙ってたり、思ってもいないこと強がって口走ったりして、後悔するの、もうイヤなんだ」

「それって……」

言いかけた時。

「お前ら、一体何やってんだぁ？」

何事かと遠巻きに見守っていた通行人の中から、ガタイのいいスーツ姿の男がスタスタと葉月たちと若い男の集団に近付いてきた。

「うわ、現場監督っ」

「鍋島《なべしま》さん！」

男たちが焦った様子で言ったのと、葉月がその男性の名前を呼んだのはほぼ同時だった。

近付いてきたのは葉月の会社の社員で、現場監督にあたることの多い鍋島だった。営業の補佐である葉月と直接仕事のやり取りをすることは少ないが、オジサマたちと飲みに行く時には必ずといっていいほどメンバー入りする人だ。

「おお、葉月ちゃんじゃないか。どうしたんだ一体」

「鍋島さんこそ。……この人たちと、お知り合いなんですか？」

「知り合いも何も、今度の現場に入ってる職人の見習いたちだ。……なんだか穏《おだ》やかなムードじゃねえなあ？」

じろりと鍋島に睨《にら》み付けられ、若い男たちは一様にぎくりとした表情をする。

「いや、その、別に……」

木田にもじろりと見下ろされ、さらに男たちはバツが悪そうに黙り込んだ。職人見習いとなれば、まだまだ仕事は半人前のはず。繁華街でいちゃもんをつけ騒ぎを起こしたと現場監督に知られては、彼らの親方の耳に入るのは必至だ。

何とか取り繕《つくろ》おうと、視線を泳がせているのがわかる。

「葉月ちゃん、この人は？」

「えと……今度、営業所の改築をうちが請け負うことになった滝波メディカルの方で」

「木田と申します。お世話になっております」

「いやいや、こちらこそ」

ぺこりと頭を下げた木田に鍋島も深く頭を頭を下げ、そのまま男たちに向き直った。

「ほほう。うちの紅一点《こういってん》で俺も娘のように可愛がってる葉月ちゃんと、うちの会社の大事なお客さんに、まさかとは思うが、いちゃもんつけるようなことをしたんじゃねぇだろうな？　万が一、そうだとしたら……早めに謝った方がいいんじゃねえのか？」

勝ち目はないと悟ったのか、男の一人がさっと葉月と木田に頭を下げた。

「すみませんでした！」

それに倣《なら》って、男たちが次々と頭を下げる。あまりの勢いと声に驚いた葉月は、慌てて男たちに言った。

「ちょ……っ、あの、そんな、大丈夫です！　ていうかやめてください。恥ずかしいですから！」

ぱたぱたと手を振る葉月に、男たちがそろそろと顔を上げる。

「だとよ。葉月ちゃんと……木田さんと言いましたか。こいつらが何をしたか知りませんが、これでよろしいでしょうか？」

「いえ、僕は何も。ひどいこと言われたのは、小山内の方ですから」

「わ、私も大丈夫ですからっ！」

慌ててそう言うと、鍋島はぬっと手を伸ばして葉月の頭をわしゃわしゃと撫でた。

「嫌なこと言われても笑って流すのが葉月ちゃんだからなあ。こいつらにはよく言って聞かせておくから、勘弁してくれな」

まるで、親戚のおじさんに頭を撫でられているみたいだ。むず痒《がゆ》さを覚えつつもそれを受け入れていると、隣で木田がどこか不機嫌そうに見つめている。

「ちょうどいい機会だ。お前ら、この先に俺の馴染みの店があるからちょっとそこまで付き合え」

現場監督に誘われたとなると、彼らは断れないのだろう。

「はい！」

全員が背を正してそう返事をすると、鍋島は一番近くにいた男の肩をがしっと掴みながら葉月に言った。

「じゃあ葉月ちゃん、悪かったな。また月曜日にな」

わははっと豪快に笑いながら、鍋島は若い男たちを連れていった。去り際、若い男たちがほんの少しだけ葉月と木田に向かって頭を下げる。それを見たら気持ちがすっと落ち着いた。

ぽつんと残された二人はしばし沈黙していたけれど、やがて葉月はそろりと木田を見上げた。

「あ、ありがとう」

「……あ？」

木田が眉をひそめて怪訝《けげん》な顔をする。

「その……怒ってくれてって言うか、かばってくれてっていうか……」

「ああ、いや当然だろ。しかも結局、お前の会社の人にうまく収めてもらっただけだし」

相変わらず木田は不機嫌そうな顔をしたままだ。ぶっきらぼうな言い方をされ、葉月は慌ててわざと明るく話しかけた。

「でもさ！　若くてなんだかガラの悪そうな男の子たちだったじゃん。私がデブなのはそのとおりなんだし、あんな人たちに……」

「だからお前、そういう言い方すんなって！」

ヘラヘラ笑いかけた瞬間、木田から叱りつけるようにそう言われ、葉月は思わずびくんとした。怒っているのかと思って見上げると、木田は辛そうに眉を寄せていた。

「お前、太ってないよ。太ってるって言うやつもそりゃいるかもしれないけど、俺はそうは思わない。お前の会社の人たちだって、きっと思ってないよ」

その真剣な眼差しに、言葉を失った。

「自信がない女は好きだって言ったけど、謙虚《けんきょ》なのと卑屈《ひくつ》なのとは全然違うぞ」

卑屈、と言われてハッとした。そういう風に彼の目に映っているなんて、思いもしなかったからだ。

「お前がそこまで卑屈になるのは、もしかして俺のせいか？　俺が中学の時に言ったことやしたこと……覚えてるんだろ。だから、再会した時も露骨《ろこつ》にイヤな顔したんだろ」

そんなことないとすぐさま言えるほど、嘘をつくのは上手じゃなかった。否定をしない葉月に、木田はやっぱりと言いたげな顔を向ける。

「本当にそう思ってて言ったわけじゃない……なんて言ったたって、今さらだってわかってるよ。お前、俺のせいで志望校も変えたんだろ」

「木田だけのせいじゃないよ。決めたのは私だし、女子高行ってよかったと思ってるし、俺のせいとか言うのはやめて」

志望校を変えた理由に木田とのことが絡んでいるのは事実だ。でも彼だけが理由の全てじゃない。結果的に男子の目がない女子高に行って楽しい高校生活を送れたし、木田が葉月に卑屈になるなと言うのと同様、葉月だって木田に余計な責任を感じてほしくなかった。

「それでも……傷ついただろ。俺はお前を傷つけただろ。お前が自分の身体にコンプレックス感じてるの知っててあんなこと言ったのは、最低だって後悔した」

面と向かって謝られ、かえってどうしていいかわからなくなる。

「俺、人生やり直すチャンスがあるなら中学の頃に戻りたいってずっと思ってた。だから……再会してすぐ、突っ走ったりしちゃったんだけど。結局俺、全然変わってないんだな」

「あ、あれ、酔っ払ってたわけじゃなかったんだ」

「違うって。あれくらいの量で酔うかよ」

木田はようやくくしゃっと顔を崩して笑うと、大きな手を葉月の頭の上にのせた。

「ごめんな、小山内」

忘れたと言われてもすむような昔のことを、覚えていて謝ってくれた。

告白しようと思って追いかけてきて、まさかさらに好きになるとは思ってもみなかった。

「……で、あれ。なんの話してたんだっけ？　お前、なんでここにいるの？」

「木田に会いたいから、来たんだよ」

木田は一瞬顔を引き攣《つ》らせた後、頬をカッと赤くした。つられて葉月の顔にも血が上ったが、ここまで来て言わなかったら女がすたる。

「木田に、会いたくて来たんだよ。だって木田、誤解してる。山下さんに木田のことを話したのは本当だけど、それはホテルでのことがあって、ちょっとどうしていいかわからなかったからで」

「そ、それはごめん。俺も突っ走りすぎたのは認める」

ドキドキとうるさい胸に手をあてた。ただ「好き」という二文字を伝えるだけなのに、どうしてこんなに難しいんだろう。『好きなの？』と問いかけた時に飄々《ひょうひょう》とした表情で頷いた木田は、やっぱりこういうシチュエーションに慣れているのだろうか。今も葉月の前で、落ち着いた顔をしている。

逃げ出したくなったけど、それじゃあ何も進まない。木田があの時のことを後悔していると言ってくれるのなら、もっと別の関係に進みたかった。

自信はないけど、せめて堂々と隣に並んで歩けるポジションが欲しい。

その気持ちだけを支えに、葉月はすっと視線を上げて彼の目を見つめた。

「私、木田のことが好きなの」

木田の目が、面白いくらいに見開かれた。彼のこんな顔を見たのは、初めてだ。

ついに言えたという達成感と、どういう言葉を返されるのだろうという不安がごちゃ混ぜになる。

指先は冷たく凍えているのに、心臓のあたりはバクバクと熱かった。

逃げ出したい。でも、ここで逃げても何も進まない。

意味もなく込み上げてくる涙を堪《こら》えるために葉月は唇をきゅっと引き結びながら、何も発しない木田の顔をただ見つめていた。

それすら、今の葉月の、精一杯の勇気だった。

彼の表情が微妙に変化する。それが表すところがわからなくて一気に怖くなった。どこかでやっぱり、自分なんかがおこがましいという気持ちは残っている。

でも、今の木田ならきっと、断るとしても葉月を傷つけるようなことは言わないだろう。不思議と、そんな安心感があった。そう思う相手に告白できることは、幸せだ。

木田の唇がほんのわずかに開いた。

断られても、ちゃんと「今までありがとう」って言うんだ――

葉月が覚悟を決めた瞬間、木田はいきなり葉月の手首を握った。

「わっ！」

かと思うと、すぐさまこちらに背を向けてどこかへと歩き出す。手首を強く引っ張られ、葉月は転ばないように慌てて木田の歩みに合わせた。

何を言われるのだろうと色んな覚悟はしていたが、このパターンは考えていなかった。リーチの長い彼の後を小走りでついて行きながら、背中に声をかける。

「き、木田？　あの、どこ行くの？」

「二人になれるとこ」

前を向いたまま、木田が大きな声で言った。

「な、なんで?」

「ゆっくり話がしたいから。あと、それ以上のことも」

それはどういう意味だよと思いつつも、葉月の顔が赤くなる。握られている手首が、発熱してるみたいに熱い。

「でも、返事聞いてない……」

消え入りそうな声で言うと、木田はぴたりと足を止めて葉月を振り返った。

「俺の返事なら、聞かなくてもわかるだろ。聞きたいなら……もっと落ち着けるところに行ってから、たくさん聞かせてやるから」

驚いて息を吸い込むと、すぐさま彼は前を向いてしまった。再び歩きながら、葉月の視線が下に落ちる。頭の中にぐるぐると彼の言葉が渦巻《うずま》いていた。

葉月の顔に負けないくらい木田の首筋にも朱が差していたけれど、それに気付く余裕は今の葉月にはなかった。


木田は大きい通りに出るとタクシーを止め、無言で葉月を中に押し込んだ。手首を掴んでいた手が離れたかと思うと、そのまま指と指を絡められる。

行き先を告げた木田はシートに深く身を沈め、ぽつりと呟いた。

「柔らかい」

手を握ったのは初めてじゃないのに、しみじみ言われて恥ずかしくなった。いつもなら間違いなく、肉付きがいいからだと返してしまっている。

こっそりと横を見上げてみれば、木田とすぐに目が合う。自分を見つめる目が、今までと全く違っていて、葉月は慌てて目を逸《そ》らした。

まるで愛おしいものでも見てるみたい――そう考えて、それを向けられているのが自分なんだと気付いて、胸がさらにぎゅっとなる。

そんな目で見つめられたら、本当に、心臓がいくつあっても足りない。

ろくに会話もしないまま、タクシーは木田が告げた場所へと着いた。突然の出来事にあたふたしていた葉月は、彼が告げた行き先をすっかり聞きそびれていた。

たどり着いたのは、こぢんまりとしたおしゃれなシティホテルだった。驚いて、身体が竦《すく》む。

「木田、ここって……？」

「ロビーでちょっと待ってて」

そう言うなり彼はフロントに駆けて行ってしまう。仕方なく中に入った葉月は、ロビーにいくつも置かれたソファに腰を下ろした。

いきなりこんなことになるなんて。床を見つめたままじっとしていると、葉月に近付く足音がした。綺麗に磨かれた革靴が目に入り、そっと顔を上げる。

「行こう」

当然予約なんてしてないはずなのに、どうしてこんなスマートな対応ができるのだろう。おずおず立ち上がったものの、足は止まったままだ。

木田の余裕のある笑みに、何故か苦しくなる。

「……どうした？」

木田が葉月の手を取り、きゅっと握った。手を引かれたはずみで歩き出すが、さっきまでと違ってまっすぐに彼を見られない。

「嫌だったか？」

「嫌とかじゃなくて、でもいきなり……」

「俺も急に無理かと思ったんだけど、運よく空いてたからさ。金曜日の夜なのに、ラッキーだった」

金曜日の夜にいきなり部屋を取れることは、ラッキーなんだろうか。

だとしても、そんな明け透けな言い方をしなくてもいいのに。

二人になりたいと思っていたのは葉月も同じだったけれど、こうダイレクトすぎると引いてしまう。

こうやって女性を連れて泊まるのに慣れているんだろうかと、気持ちが沈んだ。

「別に、こんなとこに来なくても。木田の家とか……私の家でもよかったのに」

「俺の家、何もねーもん。こんな時にお前の家に行って、飯を作らせるのも悪いだろ」

「……え？」

木田はスタスタとエレベーターに乗り込み、躊躇《ちゅうちょ》なく最上階のボタンを押した。

「あー、乗ります乗ります！　ちょっと待って！」

ドアを閉めようとしたところでそんな声がかかり、同時にサラリーマン風の男性が数人どかどかとエレベーターに乗り込んできた。

「いやあ、ここの中華は本当に絶品なんですよ。今はまだそれほど知名度も高くないですけど、人気店になるのは間違いない味です」

「それは楽しみですね！」

「予約が取れてよかったよ～」

談笑するサラリーマンを目で示し、木田がにっこりと笑った。

「最初に連れてったホテルのレストランもイチオシだけど……俺が一番気に入ってるのは、ここの中華料理でさ。いつかお前と来たいって思ってたんだ。さっきロビーで聞いてみたら、ちょうど個室の空きが出たっていうから」

「そ、そう……それはありがとう」

とんだ早とちりだ。

葉月は手の平に汗が滲《にじ》むのを感じながらも、ほっとして笑みを浮かべた。

お互いの気持ちがわかった安心感からか、最初にホテルに行った時とはまるで違う食事になった。

「美味《おい》しい！」

「そうか」

木田やエレベーターの中のサラリーマンが言っていたとおり、かなりレベルの高い味だった。美味《おい》しいものが好きだから友達とも食べ歩きはするし、会社の飲み会や接待でもオジサマたちに色々な店に連れて行ってもらう。葉月の意思に反して自然と肥《こ》えてしまった舌にも、大満足の味だ。

今日の食事がいっそう美味しく感じるのは、もしかしたら目の前にいる彼のおかげかもしれないけれど。

「この前のホテルもそうだったけど……木田ってこういうお店、よく知ってるんだね」

「まあ、職業柄だな」

「でも古内さんは、お医者さん相手に接待ってあまりできないって言ってたけど」

「個人的な接待は無理でも、皆で飲みに行きましょうよってなることはよくあるさ。ここも前回行ったとこも、そういう繋がりで教えてもらっただけ」

「ふーん……」

きっとモテるんだろうな、と思ったのが、顔に出てしまったようだ。

「何？　焼きもち？」

ニヤニヤしながら言われて、慌てて葉月は顔を横に向けた。違うと否定するタイミングをなんとなく逃してしまった。でもそれも不快というわけじゃない。

そんな葉月を、木田はワインを飲みながら眼鏡越しに見つめている。

「お前、あんまり食べてないんじゃない？」

食べられるだけ食べてやろうと思った前回や接待の時とは違って、自然と食べるスピードがゆっくりになっていた。美味しいことは充分わかっていても、なんだかお腹に入っていかないのだ。

「すごく美味しいんだけど……なんかちょっと、胸がいっぱいで入っていかないの」

心配されては困るので正直に告げると、木田はうっと言葉に詰まった後、ふいっと横を向いた。

何かマズイことを言っただろうかと、首を傾《かし》げる。

「え、何？」

「お前……そういうこと言うな」

木田の方もあまり箸《はし》が進まないようで、食事よりもお酒のスピードの方が速い。接待の時も思ったが、彼は酒が強いみたいだ。

顔色はあまり変わっていないのに、耳だけがうっすら赤い。ぼんやりそれを見つめて、ふと自分のせいだろうかと気付いた。

図々しいかもしれない。けど、そう思いたい。

「木田」

「なんだ？」

「楽しいね」

白ワインの入ったグラスを口にあてながら、葉月はふふっと笑った。

「私、デートって初めてかも」

「……この前の土曜日に出かけたのとか、前に飯食いに行ったのはデートに入らないのか？」

「え？　入るの？　だってデートって……」

彼氏とするもんじゃないの？　と言いかけて、慌てて言葉を呑み込んだ。

彼の気持ちを知っていて、自分も好きだと告げた。どうやら受け入れてくれたのはわかったけれど、それだけで恋人同士になったのかと言われるとよくわからない。

彼氏いない歴は、年齢と同じく二十四年。その間ほとんど恋愛経験もなく、友達の恋愛を横目で見ているだけだった。だから、もしかして勘違いをしているのかもしれないと不安になる。

彼氏。恋人。異性と付き合うこと。

どれも、ドラマや漫画の中でしか知らなかった。

浮き足立ってマズイことを言ったと焦りかけた時、木田がゆっくりとワインを口に含みながら言った。

「世の中じゃあ、別に付き合ってなくても男女で出かけたらデートっていうやつも多いけどな。お前のデートの定義が『彼氏とするもの』って言うんなら……今日が、その、初めてなのかもしれないけど」

葉月の戸惑いは、しっかり伝わっていたようだ。恥ずかしくて俯《うつむ》きがちにワインを飲みながらも、口元がニヤけてしまう。

（そっか、彼氏……）

「なんだよ、だらしなく笑って気持ち悪いな」

「なっ、何よ！　このムードでそういうこと言う？」

怒った顔をしたくても、お互い微笑んだままだ。

好きな人と付き合うって、こういうことなんだ。そう思いながら、葉月はまた一口ワインを飲んだ。

デザートまで存分に味わって店を出た時には、自然と手を繋いでいた。お腹はいっぱいだし、程よく酔いが回っていて、気持ちがいい。

「行くか」

「どこへ？」

とろんとした目で見上げると、木田はぎょっとしたような表情を見せた。

「いや別に、どっか行こうとかそういう意味じゃなくて。食べ終わったし行くかー……みたいなノリで」

「あ、そっかぁ」

帰るのか。

そう思ったせいで、無意識に葉月の声に残念な色がまじった。すると、葉月の手を握る手にぐっと力が入ったかと思うと、耳元まで腰を屈《かが》めた木田が囁《ささや》く。

「違うとこ……行ってもいいのか？」

掠《かす》れた低い声がすぐ近くで聞こえ、どきんと心臓が跳ね上がる。違うとこ、違うとこ……と酔った頭で必死に考え、この状態で行きつく答えはひとつしかないと悟る。

「カラオケ……とかじゃないよね」

「お前がそうしたいなら、今日はそれでもいいぞ」

木田は笑ってそう言ったが、葉月だって別にカラオケに行きたいわけじゃない。自分はどうしたいのか、と考えると答えはひとつ。

彼ともっと一緒にいて、もっと近付きたい。触れたい。そして、触れてほしい。

葉月は、そろりと上目遣いで木田を見上げた。

「……うん、行く」

「カラオケか？」

ふるふると首を小さく振っただけで、全てが伝わった。

「俺んちかお前の家まで、持たせるのキツイ。空いてたら、ここの部屋取ってもいいか？」

「……ん」

囁《ささや》き声に小さく頷くと、木田は葉月の手を優しく引いて歩き出した。

金曜日なのに、ラッキーだった。

先ほどと同じようなセリフを口にした木田は、カードキーを胸ポケットに入れエレベーターに乗り込んだ。まだそれほど遅くない時間のせいか、先ほどと同じく最上階の中華料理店目当てで食事に来る人が乗り込んでくる。今度は団体客のためエレベーターの隅に押しやられそうになったが、そんな葉月を庇《かば》うように木田が目の前に立った。

「あ、ありがとう」

見上げると目が合って、甘い目で見つめられる。その視線が恥ずかしくて目を逸《そ》らすと、伸びてきた手がするりと頬を撫でた。エレベーター内での甘々のやり取りに、さりげなくこちらを見ていたサラリーマンがやれやれと苦笑しながら目を逸らしている。

今までなら自分だって、こういう行為を見かけたら内心バカップルと呆れていた。まさか自分が、そんな行為をする日が来るなんて思ったこともなかった。

「着いたぞ」

ぼーっとしている間に目的の階に着き、腕を引っ張られて降りる。後ろでエレベーターの扉が静かに閉まったのを感じ、もしかしてバカップルだなんて笑われてるかもと気になった。それでもいいかと思えるあたり、絶対に浮かれている。

ずんずんと歩く木田の背中に、声をかける。

「ねえ」

「ん？」

手を握る力が、返事と共に少しだけ強くなる。

「……この前会ってからまだ二週間もたってないのに、寂《さび》しくて仕方なかったって言ったら……困る？」

「なんで困るんだよ。それならメールしてきたらよかったのに」

「これからは同級生としての付き合いって言われて、気安くメールなんてできないよ」

素直にそう零《こぼ》すと、木田は立ち止まってこちらを振り返った。周りに誰もいないのを確認したかと思うと、そっと顔が近付いてきて、唇が重ねられる。彼とキスするのは初めてではないけれど、こうやって目と目を合わせてするキスは初めてかもしれない。

「そういうことは、部屋に入ってから言えよ」

一番奥の部屋の前で足を止めた木田は、ポケットからカードキーを出して、ふいに動きを止めた。どうしたんだろうと思っていると、葉月を見下ろしながら気まずそうに言った。

「なんか……前に一回見たことのあるような？」

「あ」

前回、強引にホテルの部屋に連れ込まれたのが、遠い出来事のように思える。見つめ合って笑いながら、木田はカードキーをドアの機械にスライドさせた。ピッと小さな電子音と共に部屋の鍵が解除され、そのまま二人はゆっくりと部屋の中へ吸い込まれていった。

7　コンプレックスを晒《さら》す時

真っ暗な部屋に入りカードキーを壁に差し込むと、すぐに灯《あか》りがついた。ほっとして靴からスリッパに履き替えた瞬間、葉月の身体がふわりと宙に浮く。

「うわ、や！」

お姫様抱っこをされて、いきなり高くなった目線に驚く。

「重い！　重いってば！」

「重くねーよ、お前くらいなら。ていうか、いい加減このやり取り三回目だぞ？」

木田は軽く笑いながらスタスタと歩き、そのままベッドにふわりと葉月を下ろした。ダブルの部屋かと思ったが、どうやらツインの部屋だったようだ。木田はスーツの上着を脱ぐと、ばさりともう一方のベッドに放り投げた。

「最初からやり直そうと思ったのに、そんな拒否しなくても」

「だって、イヤだもん」

葉月はぷるぷると首を振った。

「自分の体重くらい、嫌になるほど知ってるって。木田が無理して言ってるとしか思えない」

「無理なんてしてねーって。お前こそ高校以降はずっと女子ばっかの環境で、男のことなんて全然わかってないだろ」

そう言われてみればそのとおりだ。ぷうっと頬を膨《ふく》らませながら葉月は黙った。

「そりゃ……そうだけど……」

「男の力を舐めんなよ」

そして、木田は上半身を起こしかけた葉月の横に腰を下ろすと、眼鏡を外しサイドテーブルに置いた。

「本当に、山下さんとは何もないんだよな？」

今さらな質問に驚いたが、木田が真剣な目をしていたので葉月も真面目に答えた。

「ないよ。本当。ただの先輩」

「じゃあ今まで彼氏は？」

「いたことない……って、前に言わなかったっけ？」

「ってことは……初めて、だよな」

かあっと一気に顔に血が集まった。

「ごめん。この年になって……ありえないよね」

彼氏いない歴＝年齢をネタにしていたけれど、それを恥ずかしいと思ったのは初めてだ。彼の振る舞いを見ていれば女の扱いに慣れているのはわかる。経験のない葉月を面倒だと思われるのが辛かった。

だが、経験のあるフリなんて高度なワザはできっこない。あんまり興味もなく女友達の惚気《のろけ》にも耳を貸さなかったことを、初めて後悔する。

「なんで謝る？　謝られる意味がわかんねえよ。あー、でも……マジか」

なんだか嬉しそうな声に顔を上げると、すかさず木田の顔が近付いてきてキスをされた。驚いたが、逃げはしない。すると、木田は何度もついばむように唇を重ねてくる。

「どうせ誰かとするなら、いっそ俺がって……言ったよな？　中学の時」

「う、ん」

額をこつんと合わせた至近距離で、木田が言った。

「嬉しい。お前がこれまで誰とも付き合わなかったことや、勢いとか遊びで経験しなかったことに、俺の存在が全く関係ないのはわかってる。でも、それでもめちゃめちゃ嬉しい」

すぐ傍で見つめる木田の顔は本当に嬉しそうだった。

それでいて何かを期待しながらも耐えているように、瞳の奥がゆらゆらっと揺らめいている。

吸い込まれそう――

そんなことを考えていると、額にちゅっと唇が触れた。

額、瞼《まぶた》、頬――。順番に降りてきた唇が再び重なったかと思うと、軽く舌で唇を舐められる。

そっと細く口を開くと、隙間からぬるりと舌が入ってきた。他人の舌が口腔で動いていることに抵抗がないばかりか、気持ちがいいとさえ思っている。舌を伝って流れ込む唾液《だえき》にすら、愛しさを感じる。

やばい、と感じてしまうくらい気持ちがいい。ぴちゃぴちゃと水音を立てながら舌を絡め、葉月は無意識に木田のスーツを握っていた。

「葉月……」

掠《かす》れた声が、苗字ではなくて名前を呼んだ。唇が離れたかと思うとそのまま首筋に当てられ、強く押し付けられて身体がびくんと震えた。

「ぁ……」

「ここも」

木田は唇を当てたまま、舌で首筋を舐め上げる。

「ここも」

そしてそのまま上にあがると、音を立てながら耳をしゃぶった。

「ん、あぁ……っ」

「ここも」

耳元で囁《ささや》き、木田の手がするりと葉月の全身を撫で回す。

「全部……全部、俺がもらっていい？　ずっと後悔してたから。中学生の分際でこういうことはできなかっただろうけど、でもずっと中学の時から後悔してた。だから」

答える暇もなく、木田の手が葉月のジャケットのボタンを外した。ボタンは二つしかないのに、少しだけ時間がかかる。いつも余裕に見えて仕方なかった木田が、性急な態度を見せるのが愛しくてたまらなかった。

「好きって、言ったじゃない。だから、そういうこと聞かないで……」

再び唇を重ね、深いキスを繰り返した。抵抗なんて全く感じない。角度を変えて何度も舌を絡ませる。手を伸ばして彼の頭を掻き抱くと、夢中になって相手の口腔を味わった。部屋の中に、お互いの舌を求める音が響く。

「ん……」

葉月のスーツのボタンを外した木田は、その下のブラウスに手を伸ばした。ふっくら盛り上がった胸に手をあてると、ゆっくりと大きさを確かめる。

「は……っ、すげ」

キスの合間にそう呟いた木田は、ブラウスのボタンも外し始めた。さすがに恥ずかしくなってきて身をよじるが、そんなものは無駄だとばかりに次々に外されていく。

気付けばスーツの上着は脱がされ、ブラウスの前は全部開いてしまっている。胸を覆う白い下着が見え、葉月はさらに顔を赤くした。

「や……」

咄嗟《とっさ》に前を隠そうとしたが、両腕を押さえつけられてしまった。

「やだ……」

まじまじと見下ろされ、恥ずかしくて泣きたくなる。こうなることが予測できたのなら、少しでも可愛い下着を着けてきたのに、今日は何の面白味もない真っ白のレースだ。太っているせいか胸も大きいが、それは存外いいことばかりじゃない。その一つが、可愛い下着が少ないことだ。せっかくデザインが気に入っても、色の種類がないことも多い。探し回るのも面倒で、葉月の下着は、無難な白かベージュがほとんどなのだ。

とっておきのピンクじゃないことを悔やめばいいのか、せめてベージュじゃなくてよかったと思えばいいのか。

そんな葉月の心境に気付くわけもなく、木田は葉月の両腕を片手でまとめシーツに押しつけると、空いてる右手を胸に伸ばした。下から掬《すく》い上げるように何度か胸に触れ、はーっと感嘆とも取れる息を吐く。

「大きい、な」

「や……」

声が消え入る。大きいと言われることは、葉月にとっては褒め言葉なんかじゃない。

抵抗しなくなった葉月の手首から手を離すと、今度は両手でゆっくりと回すように揉み始める。熱い手はふわふわと胸を揉み、その度に下着が揺れる。木田は喉仏を上下させてこくんと唾液《だえき》を呑み込むと、恍惚《こうこつ》とした表情を浮かべた。

艶《なま》めかしい動きに、吐息が漏れる。下着越しなのに指は巧みに先端を探り出し、円を描くように触れた。葉月の身体がぴくんと震える。反応に気付いた木田はゆっくりと下着をずらした。途端に、下着に収まっていた胸がぷるんと震えて零《こぼ》れる。

「や、だめぇ」

嫌なはずなのに、喉から出てくる声は甘い。当然木田がやめるわけはなく、ずれた下着から桜色の頂《いただき》が覗《のぞ》いた。

「あった」

指で軽くはじかれ、葉月はひくっと喉を反らす。

「硬くなってるよ、葉月」

口元に手をあて、葉月は横を向いた。木田は先端を指で摘み、こりこりと緩急をつけながら弄《いじ》る。

触られているのは胸なのに、身体の芯がざわざわするような不思議な感覚がした。

「大きくて柔らかいのに、弾力があって……手に吸い付いてくる」

「そ、それって、褒めてるの？」

「え？　当たり前だろ。なんでそんなこと聞くんだ？」

「だって……胸が大きくてよかったって思ったことなんか、一度もないし」

思春期の頃から、人より大きな胸がイヤで仕方なかった。ふくよかな体形と同じく、コンプレックスだったと言ってもいい。服を買う時は必ずバストサイズで選ばなくてはならず、そんなつもりじゃないのに普通に襟元の開いた服を着ただけで胸を強調してしまう。かといって胸元が詰まった服やゆとりのある服を着ると、体形はいっそう太く見えた。

加えて、中学の頃に胸が大きいと噂になったせいもある。正直、この胸のせいで得をしたことなど一度もなかった。大きくて醜《みにく》いとすら思っていて、できるなら今すぐ隠したいくらいだ。

「そうなんだ。女ってわかんないな」

木田はそう言ったかと思うと、葉月の胸に顔を寄せて頬ずりをした。背中に手が回りホックが外されたかと思うと、シャツと一緒に下着を鮮やかに剥《は》ぎ取られてしまう。

「俺は、好き。巨乳好きとかそういうんじゃなくて、お前の胸だから好きなんだよ」

締め付けから解放されやわやわと揺れる胸を、下から掬《すく》い上げるように揉みしだかれた。口を閉じていても、弾む息が漏れてしまう。たかが胸——今まではそう思っていたのに、包み込むように触れられるとたまらなかった。

木田は何度もキスを繰り返した後、胸に顔を近付けた。そして、頂《いただき》へとゆっくり舌を伸ばす。

「食べたい」

一言そう言ったかと思うと、生温かくざらりとした舌が胸の頂を包み込んだ。そのまま口で胸を頬張り、舌の先で頂をつんつんと突《つつ》く。

「あ、あぁん……っ」

そのうち、舌全体を使って胸を舐め始めた。添えられた手も休むことはなく、円を描くように激しく胸を揉みしだく。激しい音を立てながら舌は頂をちろちろと舐めていて、木田が言ったとおり、まるで食べられているみたいだ。

「あっ……んんっ！」

ぴりっとした刺激が身体を走った。口に含んだ頂に、軽く歯を立てられたのだ。木田は口に胸を含み吸い上げながら、軽く甘噛みしたり先端を舐《ねぶ》ったりする。時折くすぐったさもまじるが、圧倒的に気持ちよさのほうが大きかった。自分の胸に愛撫を繰り返す木田を見下ろしながら、葉月は悩ましい吐息を吐く。

「ふぁ……ん……」

今までは、ただ大きいだけで何もいいことはないと思っていた胸だ。小さい方が痩《や》せて見えるしずっといいと思っていた。なのに、そんなコンプレックスのひとつだった胸を愛おしそうに愛撫する木田を見ていると、嬉しさが込み上げてくる。

「葉月の胸……柔らかくて大きくて、最高に気持ちいい」

ちゅうっと強く吸いながら木田が言った。その言葉一つで、自分の胸を好きになれる。

「気持ち……いい、のは、私……んっ」

息も切れ切れにそう呟くと、胸を揉む手はさらに強くなった。

両方の胸の頂をいっぺんに触られると、特にダメだった。片方は口と舌で、片方は指で。その度に背中をぞわぞわと快感が這《は》い上がってきて、葉月は身をくねらせた。

木田に触れられることが、嬉しくて仕方ない。大きくて温かい手が全身を這うと、自然と息が上がって自分のものとは思えない甘い声が出た。

「あ、あっ、ん……っ」

「葉月、可愛い」

耳元で囁《ささや》かれた後、耳朶《みみたぶ》に舌が這った。驚いて身を竦《すく》ませていると、縁《ふち》を伝った舌が耳穴に差し込まれる。ぴちゃりとダイレクトな音がして、身体はますます震えた。

「んっ、ん……ふあ……」

気の抜けた声を漏らすと、さらに激しく舌が這う。相変わらず木田の手は胸を触ったままだったが、先ほどよりも少し力強くなっているようだ。

木田の舌が耳から離れたかと思うと首筋を伝って下がり、鎖骨のあたりに軽く吸い付いてきた。ほんの少しだけ刺激をともないながら、それはふわんとした二の腕や、先ほどから触られてばかりの胸にもされる。

「葉月の肌、触れているだけで気持ちいい」

ゆっくりと身体中を撫でられ、むしろ気持ちいいのはこっちなのにとぼんやり思う。チュッチュッと時折吸いつかれ、その度に腰が揺れそうになった。上半身の隅々にまで、まんべんなく唇をつけた木田は、ようやく顔を上げた。

「見て、葉月」

「……え？」

どことなくうっとりとした口調で言われて自分の身体を見下ろすと、上半身のいたるところに赤く鬱血《うっけつ》した小さな痕《あと》が広がっていた。

「これ、何……？」

「キスマークだよ」

くすりと笑いながら木田が言う。その答えを聞いてから、高校の時に同じような痕を友達の首筋に見つけたことがあるのを思い出した。

『あれー、なんか首のところに赤い痕があるよ。ぶつけた？』

なんの気なしに相手に聞いてみると、その子はハッとして首筋を押さえると赤面した。

『え、どしたの？　聞いたらまずかった？』

きょとんとしつつも慌てて声を潜《ひそ》めると、葉月が本当にわからなくて聞いたのがわかったのだろう。ほっとした表情を見せながら、『ちょっとね、皆には黙ってて』とこそりと言われた。次の休み時間には、彼女は首元を隠すためか制服の上にジャージを羽織っていた。

(あれって、キスマークだったんだ)

どちらかと言うとひっそりと大人しい少女だった。そんな彼女が高校の時からこういうことをしていたのだと知って、違う意味で動揺してしまう。

葉月の身体中に散らばった赤い印も、どこか艶《なま》めかしく見えてくる。

「どうして、こんなにたくさん……？」

「俺のものだっていう印だよ。俺しかお前を抱けないっていう、男の浅はかな独占欲」

これが、そうなんだ。白い身体のあちこちにある痕を見つめながら、こくんと唾を呑み込んだ。

この赤い痕が、独占の印。

「葉月」

名前を呼ばれ、唇が深く重なる。舌を絡め合うキスに溺れている間に、タイトスカートのファスナーがすっと下ろされた。

「う、や」

それを脱がされると、一番気にしてるお腹が――

急にジタバタし出した葉月を、木田が唇を離して怪訝《けげん》そうに見下ろした。

「どうした？」

「や、やだ。これ以上、見せられないよ！」

慌ててスカートを引っ張り、シーツを手繰《たぐ》り寄せて身体に巻き付ける。

「なんで？　脱がなきゃできないぞ」

「そ、そうかもしれないけど、でもイヤ」

真っ赤な顔でふるふると首を振る。葉月は初めてだけど、間違いなく木田はそうじゃない。葉月以外の女性の身体を知っている人に、このふくよかな身体を見せるなんて拷問に近い。

「無理、無理無理無理無理……っ！」

「どうしてもって言うなら、強要はできないけど……そんなに俺が、信じられない？」

悲しそうな声色にきゅんと胸は締め付けられるが、でもそれとこれとは話が別だ。

「だって……私は初めてだけど、木田は違うでしょ？　他の人の身体見たことある人に、見せられないよ」

「お前なあ。そんなの関係ないって。お前だって、テレビや雑誌でアイドルとか俳優の裸なら見たことあるだろ。それと、俺を比べるか？」

「く、比べないけど……」

木田はスーツを脱ぎ捨てると、ワイシャツのボタンをぷつぷつと外し始めた。

「俺だって、全くコンプレックスがないわけじゃねえよ。乾燥肌だからざらざらしてるし、最近運動してねーから筋肉だって落ちてきてるし」

そう言ってがばっとシャツを脱ぎ捨て、上半身を葉月の目の前に晒《さら》す。これで筋肉が落ちてる？

と詰め寄りたくなるほど、葉月には逞《たくま》しく引き締まって見える。そっと手を伸ばして胸に触れてみると、確かに葉月の肌に比べるとざらりとした肌触りだ。

「小さい頃、アトピーだったらしくて。治ったとは言ってたけど、お前みたいにしっとりした肌じゃないから触ってても気持ち悪いだろ」

「そんなこと、あるわけないよ！」

「そう思うだろ？　俺にとっては、お前だって同じだよ。こんなに白くて綺麗でふわふわしてて、触ってるだけで気持ちいいなんて初めてだ」

木田は、葉月が巻き付けたシーツの中に手を差し込むと身体の輪郭をなぞった。彼の目は、嘘を言っているようには到底見えない。敏感になっている身体は、彼の指先ひとつで震え出す。

「恥ずかしいと思ってるお前だって、可愛いよ」

ここまで言ってくれる彼を信用しないのは、女がすたる。

「……せめて、もっと暗くしてほしい……」

部屋に入ってからはお互い夢中だったせいか、部屋の灯《あか》りは煌々《こうこう》と灯《とも》ったままだった。木田は軽く笑うと、ベッドサイドに手を伸ばしてボタンを操作した。すると部屋はたちまち暗くなり、足元を照らす灰暗《ほのぐら》いライトだけが灯る。

少し離れると表情さえ見えなくなりそうで、葉月は慌てて木田に手を伸ばした。手をぎゅっと繋がれ、ほっと安心する。

木田だって、完璧なわけじゃないんだ。

そう思うと、少し勇気が湧いた。

「……いい？」

探るように言われ、葉月は返事の代わりに彼の手をぎゅっと握りしめた。

スカートを脱がされ、身に着けているのはショーツだけだ。それはさすがにすぐに脱がされないだろうと安心していたら、優しいキスや胸への愛撫が再開された。うっとりと身を任せていると、もう片方の手が太腿をさわさわと撫でる。上へあがりかけてまた下がり、もどかしいところを行ったり来たりしていた。

胸の頂《いただき》に吸い付かれると、なぜだか身体の奥がきゅんとする。それは下腹部へと繋がっていて、不思議なことにじわじわと何かが潤《うる》み出している気配すらあった。

もっと奥まで触れられてみたいような、それが怖いような――

そんなギリギリのところをゆらゆらと漂っていると、彼の指がショーツの真ん中をすっと撫でた。

「……んっ」

ぴくんと脚が揺れた。それがわかって、木田はもう一度、今度は先ほどよりも強めに撫でる。

「あ……ふ……」

葉月が嫌がっていないのを知ると、段々と指の動きは大胆になっていく。下着の上から触れられることにもどかしささえ覚え始めた時、彼の指が素早くショーツをめくり、隙間からひだを撫でた。

彼の指が秘所を割り開くと、とろりと何かが零《こぼ》れ落ちる感覚がある。

「濡れてる、すごく」

艶《つや》めいた声で囁《ささや》かれ、耳にふっと熱い息を吹きかけられた。羞恥《しゅうち》が極限まで煽《あお》られ、葉月は弱々しく首を振った。

「開いただけなのに……溢《あふ》れてくるよ。すごい」

「や……っ」

彼の指が秘所を往復する度に、くちゅくちゅと水気を帯びた音がした。耳がいやらしい音でいっぱいになる。

「ん、あぁっ」

鼻から抜けるような艶めいた声に、自分でも驚いた。ショーツの隙間からきつそうに中に入ってくる指は、強弱をつけながら少しずつ深く奥へと沈んでいく。

「ん、あ、あ」

彼の指の動きに合わせて短く途切れ途切れに声を上げると、はあっと木田が息を吐いた。かと思うと一気に葉月のショーツを剝《は》ぎ取り、葉月の脚を大きく開く。

「やあああっ、やだ、恥ずかしいよ……！」

開いた脚をぐっと押さえつけると、木田はさらに指を動かした。

「何が、恥ずかしい？」

指が、少しだけ葉月の中に押し込まれる。びくんと身体を強張《こわば》らせるとすぐに指は抜けていったが、またすぐに差し込まれる。繰り返すうちに動きはスムーズになり、さっきよりも大きく水音が響いた。

「や、あああぁぁぁ……だって、音、が」

「葉月が気持ちいい証拠だよ」

木田はにんまりと唇を曲げて、妖《あや》しい笑みを浮かべた。

「あぁ、んっ、んんっ！」

動きが速まっても、決して乱暴なわけじゃない。あくまで触り方は優しいし、差し込まれると言ってもそれほど深くはない。たっぷりと蜜を絡めた指が秘所のすぐ上の蕾に触れると、葉月の声は一段と大きくなった。

「あああぁっ、や、んん！」

「あー、もうだめだ」

木田は身体をがばりと起こしたかと思うと、葉月の下半身へと素早く移動した。何をされるかわからずぼんやりしているうちに、木田は葉月の脚を抱え直す。と思うと、そこに顔を埋《うず》めてきた。

「や、な、何!?」

パニックになる葉月をよそに、木田は舌を伸ばし濡れた秘所に這《は》わせ始めた。

「え、やぁ……っ、あああぁっ！」

熱い舌が、葉月のひだを割り開く。長い舌は潤《うる》んだ秘所の中に潜《もぐ》り込むと、ゆっくりと蠢《うごめ》き始めた。

「何、や、やだ、だめぇ」

拒否したくても、太腿をがっちりと押さえつけられて動かせない。恥ずかしさのあまり、葉月は自分の顔を手で隠して身をよじった。

「や、汚いってば」

「汚くないよ」

じゅるじゅると熟《う》れた果実を貪《むさぼ》るような、卑猥《ひわい》な音がする。木田は葉月の秘所に顔を近付け、溢《あふ》れ出る蜜と熱く蕩《とろ》けた中を味わうのに夢中になっていた。

「ん、あああっ、やっ」

中から舌が抜けたかと思うと、舌全体で舐め上げられる。わざとなのか興奮しているからなのか、ふっと熱い息をかけられ、さらに身体はしなった。木田は舌を散々蠢かせて中を味わった後、敏感な蕾の周りをねっとりと舐め始めた。新たな快感に、葉月は腰は浮かして嬌声《きょうせい》を上げる。

「あぁぁっ、や、んんっ！」

声が一段と高くなったのを知って、木田はさらに激しく蕾を舐めた。

「気持ち、いい？」

くぐもった声が下から聞こえてきて、葉月は息を弾ませながらこくこくと頷く。

「い、いぃ……気持ち、いい……」

誰にも見せたことのないところを舐め上げられている恥ずかしさより、快感の方が勝っていた。熱い舌に翻弄《ほんろう》され、自然と腰が浮く。

木田は蕾を舐めながら、蜜をこぼし続ける秘所にそっと指を這わせた。そして溢れ出す蜜を指に絡め、ゆっくりと内部へ埋める。

秘所に指をあてられても、舌から与えられる刺激が強すぎて気付く余裕もなかった。柔らかい舌が繊細な動きで蕾をなぞる。その合間に彼の指が徐々に内部へ沈んでいく。途中で圧迫感に気付いても、それを上回る刺激で、なすすべもなかった。

「は、ああああぁぁ……っ！」

ゆっくりと根本まで指が沈められる。葉月の中はひくひくとそれを締め付けていた。

「すごい……あったかくて、うねってるよ」

木田が蕾に口をつけたまま、囁《ささや》いた。中に入れられた指をそろりと引き抜き、また戻す。たかが指一本だとしても、自分の中に異物が入っていることには変わりない。ゆるゆると動き始めたそれは膣壁《ちつへき》を擦《こす》りながら出入りを繰り返す。痛みはなく、代わりに腰のあたりにぞわぞわと込み上げてくるものがあった。

「や、なんか……ぁ……ッ」

もどかしげに腰を揺らしたのがわかったのだろう。相変わらず顔を埋《うず》めて舌を秘所に這《は》わせていた木田は、指の本数を増やしてさらに葉月の中へと押し込んだ。最初はキツくて押し出そうとする力の方が強かったが、蕾を執拗《しつよう》に舐め上げられると、奥からいくらでも蜜が湧いてくる。豊潤な蜜のおかげで指の動きはすぐにスムーズになり、それどころかじゅくじゅくと淫《みだ》らな音まで立て始めていた。

「ん、あぁ……ッ、あ、や、あぁぁ」

快楽を伝える声が、抑えられない。頭の片隅で、自分の部屋や木田の家じゃなくてよかったなどとぼんやり考える。

彼の指と舌に翻弄《ほんろう》されて、全身がトロトロに溶けてしまいそうだ。奥をえぐる長い指が膣壁をなぞると、身体の奥がぎゅっと締まった。

「あ、や、もぅ……あぁぁ」

込み上げてくる何かが、はじけそう――

そう思った次の瞬間、木田はすっと葉月の中から指を引き抜いた。

突然埋まっていたものを失った秘所は、快楽の出口を求めてひくひくと蠢《うごめ》く。葉月もまた、わけがわからず虚《うつ》ろな目を木田に向けた。

「え、何……？」

「ゴメンな、すぐだから」

木田はそう言ったかと思うと、ベルトを緩《ゆる》めてスーツのズボンを脱ぎ捨てた。下着の上からでもはっきりわかるほど大きく盛り上がったものに、慌てて目を逸《そ》らす。

「見とかなくていいのか？　これがお前の中にこれから入るのに」

「え」

言葉につられて思わず視線を戻してしまう。猛々《たけだけ》しく反りかえった彼のものに目が釘付けになった。

「え、嘘」

かあぁっと顔が赤くなる。無理、あんなの絶対無理――そんな言葉が頭をぐるぐる駆け巡る。それでも、呆然としている間に秘所へ再び指を伸ばされ、愉悦《ゆえつ》の波に再び引き戻される。

「お前、そんなに体力ないだろ？　一回いっちゃうと、消耗して辛くなりそうだし……気持ちよくなってる今入れる方が、楽かもしれないと思って」

言い訳じみた木田のセリフをなんだかよくわからないまま聞いていると、彼は一度脱ぎ捨てたズボンのポケットから小さな四角い袋を取り出した。落ち着いた色合いの黒い袋に、リングのような丸い輪郭が浮き彫りになっている。

いくら縁がなかったとはいえ、それが何かはさすがにわかる。さらりとポケットから出されたことに、なぜだか少し寂《さび》しくなった。

「……いつも、持ち歩いてるの？」

「バッカ。んなわけないだろ」

木田の顔が少し赤くなった。

「引くなよ」

「引かないけど……」

木田はバツが悪そうに、手にした避妊具を見つめた。

「お前が熱に浮かされて寒い寒い言ってた時、ベッドに入ってあったためてやったろ？」

「あ……アレって！」

夢ではなかったのか。かあっと頬が熱くなった。

「やっぱり、わかってなかったか」

「いや、わかってたような、ないような……だって、木田があんなことすると思わないし！」

「あんなことして悪かったな」

そう言いながら、木田は葉月にチュッと軽くキスをした。

「あれ以来、お前の身体が頭から離れなくて……いつか、使う機会があればいいなと常に携帯してた」

「そ、そんな……っ」

「男ってのは、そういう単純な生き物なんだよ」

嘘かもしれないけれど、葉月のために持ち歩いていたと言われて嬉しくなった。木田は袋を口にくわえて、片手でぴりっと破る。

「……そんなにまじまじと見るなよ」

「あ、ごめん」

いつの間にか、彼の行動をじーっと観察してしまっていた。急いで木田に背中を向けて縮こまると、くすくすと笑われた。

「いや、いいんだけど」

そして葉月の肩に手をかけ自分の方へ向かせると、あっという間に身体を組み敷かれる。身体を隠そうとシーツに手を伸ばそうとしたが、手にする前にぱっと払いのけられてしまった。

「寒くないなら、隠すなよ。見たいから」

低くて掠《かす》れた声は、よく知ってるはずなのにまるで別人の声みたいだった。葉月を見下ろす目は欲情を滲《にじ》ませている。そんな風に誰かに見つめられるのも、初めてだった。

温かい手が身体のラインをなぞり、葉月の脚を開く。そして身体を寄せ、濡れた秘所に自身の猛《たけ》ったものを押し付けた。数回往復させて蜜を絡め、先端で蕾を刺激してくる。

「んん……」

硬さと熱さを感じて、身体が強張《こわば》った。それでもみっともなく声を上げたり痛がったりはしたくない。葉月は、きゅっと唇を引き結んだ。

「怖い？」

「怖く……ない……って言ったら嘘になるけど、でも、やめないで」

潤《うる》んだ目で見上げると、木田は笑いながら葉月にキスを落とした。

「やめてって言われても、やめたくない」

キスが深いものに変わり、葉月はそれに没頭してしまう。舌を絡ませ合うことに夢中になっていると、ぐぐっと少しずつ木田が自身を押し付けてくるのがわかった。身体に力が入りそうになるとキスが激しくなり、葉月をリラックスさせようと手がゆっくりとあちこちを撫でる。

たくさん愛撫をされ、たっぷり濡れていたせいか、あてられた先端はつぷりと意外にすんなり中に入ってきた。割り開かれる感触がして、ふっと息を吐く。

先端のみ埋めたり出したりするのを繰り返し、葉月の緊張が少しずつ解けてきた時だった。ふいにずぶりと一気に、葉月の中に彼のものが沈み込んだ。

「あッ……ん、ん……ッ!!」

易々と入っていたのは、まだ入り口だったからだ。比較にならない圧迫感に、葉月は息を止めて首を反らせた。

途中で一旦進みづらそうになったが、木田は躊躇《ちゅうちょ》なく腰をぐっと押し進める。次の瞬間、身体が引き伸ばされブチリと傷を負ったような感覚がして、木田の腰がぴったりと密着した。痛いと訴えるかわりに、葉月はシーツを握りしめる。

「んっ……っく、は、ぁっ」

最奥まで彼の猛ったものが押し込まれたことを感覚で知った。葉月は、唇を離して息を吐く。

「痛い？」

身体を密着させたまま木田が小声で聞いてくる。さすがに強がってはいられなくて、葉月はなるべく身体が揺れないようにしながら小さく一回頷いた。

自分の中が、彼でいっぱいだ。木田は動きを止めてくれているが、中のものは時折びくびくと動いている。それに呼応して、自分の身体も震えてしまう。

(ああ、ひとつになるって……こういうことだったんだ)

ぼんやりそんなことを考えながら、葉月は木田の首へと手を回した。

「好きだよ、葉月」

キスを交わす合間にそう囁《ささや》かれる。自分もそれに応《こた》えたいのに、言葉を発することができない。今は、痛みをやり過ごすので精一杯だ。

そんな葉月の様子に気付いた木田が、首に回った葉月の手をほどくと身体を起こした。そして、横たわっても流れることなく豊かなままの双丘に手を伸ばす。

ゆるりとした動きで葉月の胸に触れ、張りのある肌に指を食い込ませた。

「ん……」

指先で頂《いただき》を摘まれると、甘い声が漏れた。それと同時に、身体の奥に少しだが痛みとは違う感覚が走ってきゅっと収縮する。それをダイレクトに感じたのだろう、奥深くまで埋まっている彼のものがびくんと跳ねた。

「悪い。少し、動くよ」

ずるりと奥から熱いものが退く。それに縋《すが》るように膣壁《ちつへき》が収縮した。すぐさま押し込まれると、その動きに合わせて蜜がじゅくりと音を立てる。同じ動きの繰り返しだが、淫《みだ》らな音はどんどん大きくなる。その音に煽《あお》られるように、葉月の胸を揉む手の動きが妖《あや》しく速まっていった。

「本当……葉月の胸、大きくて柔らかくて気持ちがいい」

「や、そんな、こと……」

身体を揺らされると、それにつられて胸も揺れる。たまらないといった風に木田が葉月の胸に吸い付いた。舌が先端を転がしたり軽く甘噛みしたりする度に、彼のものを受け入れたままの最奥がどんどん潤《うる》んでいく。そして、破瓜《はか》の痛みが次第に和《やわ》らぎ始めてきた。

「葉月……」

切ない声が名前を呼び、彼のものが出入りを繰り返す。押し込まれる圧迫感と出ていく喪失感が交互にやってくる。それは苦しいけれども、同時に彼に支配されているという不思議な喜びもあった。自分の中に、自分じゃないものが入っている。時々敏感な箇所を抉《えぐ》られ、痛みとは違う感触に新たな蜜が零《こぼ》れ出す。

「ん……あっ、あぁっ……や、なんか」

散々焦《じ》らされた身体に、快感があっという間に蘇《よみがえ》る。痛みを忘れたいという本能もあるのか、わずかな快感は徐々に膨《ふく》らみ始めて痛みと苦しさを上回るようになってきた。

「きつい、な。さすがに。もっと速く動きたくて、たまらなくなる」

木田の動きはあくまでゆっくりで、それに随分と助けられている。木田の額に浮かんでいる汗を指で拭いながら、葉月はそっと囁《ささや》いた。

「好きに、していいのに」

「……初めてなのに、そんなことできるか。いいんだよ。この後、いくらでもできるから」

この後って、どういうことだ？

そんな疑問を葉月が浮かべたのがわかったのか、木田はニッと笑うと繋がりへと手を伸ばした。

「ここ……葉月、気持ちいいよな？」

「え、や、だめ……っ！」

溢《あふ》れた蜜を指に絡めてから、蕾をくるくると撫でられる。ダイレクトな刺激は、きゅんきゅんと葉月の内部に響く。木田も葉月の身体の変化に耐えられなくなったのか、腰の動きを急速に速めた。引いていた快楽の波が、一気に押し寄せてくる。

「だめ……そこ、や……怖い、木田」

「怖くないよ、大丈夫だから」

「だって……なんか、変になりそうで」

涙目で訴えると、木田はたまらなそうにぐっと奥まで腰を押しつけた。

「変になった葉月も、見たいな」

「や、あああっ」

抑えきれず高い声を上げた葉月に木田は身を寄せて、首筋を舐め上げた。

「俺がこんだけ気持ちいーんだから……葉月にもよくなって欲しい」

「気持ち、いいの？」

「ん。かなり」

なんだか嬉しくて、顔がにやけてしまう。

「うー……好き」

「俺の方が好き」

しょうもない言い合いなのに、幸せでたまらない。

「ずっと前から好きなのは俺だ」

「前って言ったって、中学の時でしょう？」

どんなに早くても、きっと高校に見学に行った時だ。それなら自分だって——と思ったのに、木田はどこかバツが悪そうな顔をした。

「その話は、今度」

そして、葉月の胸をぺろりと舐め上げた後、腰を打ち付け始めた。

「や、あああっ……ん、んんっ！」

敏感な蕾を捏《こ》ねられて、背中をしならせ喘《あえ》ぐ。木田の熱いものが出入りする度に、ほんのわずかな隙間からじゅぶじゅぶと液体が溢れ出す。

「すごい……ここ、どんどん溢れてくる……」

「ん、ああっ、や、や、ああっ！」

与えられる刺激に思考がどんどん麻痺《まひ》していって、かわりに葉月は甘い声を上げることしかできなくなっていく。

「あ、あ、あああっ…！　ん、んんっ」

木田が眉間の皺《しわ》を深くする。腰を深く押し付けてぐるりと回され、繋がりからじゅぶりと粘膜の擦《こす》れる音が聞こえる。

「ごめん、限界」

木田は一言そう呟くと、激しく腰を動かした。

「やあああっ、ああっ、あっ！」

くすぶっていた身体はすぐさま快楽の極みへと押し上げられる。

痛みと快感が半々だ。そんな中でも、身体は木田が与える愛撫に敏感に反応する。熱情が出入りする動きに合わせて蕾を捏ねられ、葉月の身体は一気にのぼりつめた。

「あああぁ……！　だめ、や、や、なんか来ちゃう……っ！」

声を出した瞬間、葉月は脚を引き攣《つ》らせて背中を弓なりにした。内部がきゅうっと収縮して、彼のものを締め付ける。

「あ、あああぁっ！」

頭が真っ白になって、身体中にじんと痺《しび》れにも似た感覚が駆け抜ける。目の前がちかちかして、身体はびくびくと跳ねた。

「くっ……葉月……っ！」

木田は動きを止めてじっとその波を受けとめていた。だが、彼の方にも限界がきたのだろう。名前を呼んだかと思うと、再び強く攻め立て始めた。激しく硬い熱情を打ち付けられ、快感に揺らいでいた葉月の身体はさらに震える。

「やあああっ、だめえっ！」

「葉月、葉月……！」

名前を数回呼ばれたかと思うと、木田はひときわ強く深く腰を打ち付けた。最奥まで突き立てられ、それは中で大きく膨《ふく》らんだかと思うとびくびくと爆《は》ぜた。

「くっ……」

葉月を強く抱きしめながら、木田は深く深く息を吐いた。と思うと、どさりと葉月の身体の上に倒れ込む。ぼんやりとしながら彼の背中に手を回すと、うっすらと汗が滲《にじ》んでいる。それに気付いて、葉月は慌ててシーツを手繰《たぐ》り寄せ、その背中を拭いた。

「……葉月」

見上げると、微笑みながら優しく頭を撫でてくれる。その手はゆっくりと下りていき、今度は頬を撫でる。

(すごく幸せな気持ち……。勇気を出してよかった)

幸福感に包まれながらそんなことを思っていると、木田がごそごそとスーツを探りだした。ぼんやりとまどろみながら、彼の身体に手を伸ばしざらりとした肌を撫でる。

「……どしたの？」

「あ、いや。あと二個で足りるかなーって思って」

葉月はきょとんと木田を見つめ返した。

「何が？」

「……すぐにわかるよ」

そう言いながら木田は後ろから葉月の身体を抱きしめると、柔らかい肌に幸せそうに顔を寄せた。

8　甘い恋の行き先は

目が覚めた瞬間、葉月の身体を襲ったのはズキズキとした、生理痛にも似た痛みだった。腰のあたりだけじゃなく、なんだか全身が痛い。ボーっとしながら身体を起こしかけて、隣でスヤスヤと眠る木田の姿に気付いた。

「……っ！」

上げかけた声を寸前で堪《こら》える。あたりを見渡すと、自分と木田のスーツがもう一つのベッドに放り投げてあるのが目に入った。

遮光カーテンを引いた部屋は薄暗く、隙間から少しだけ漏れている光でしか外の様子を窺《うかが》うことはできない。何時くらいだろうと携帯を探して確かめてみると、想像よりもずっと遅い時間であることに焦った。

（そりゃあそっか……何回したか、覚えてないくらいだし）

一気に昨夜のことがフラッシュバックする。

汗を流すためにシャワーは浴びたけれど、結局またベッドの中に引きずり込まれてスーツをハンガーにかける時間すら与えられなかった。昨夜の全てが葉月の脳裏に押し寄せてきて、逃げ出したいほどの羞恥《しゅうち》にかられる。

『葉月……』

耳元で何度も囁《ささや》かれた掠《かす》れた声が蘇《よみがえ》り、叫び出したい衝動を堪えて枕に顔を押し付ける。あんな風に名前を呼ばれたら、誰だって蕩《とろ》けてしまう。もしこの部屋にいるのが葉月一人なら、間違いなくベッドの上でじたばたと四肢をばたつかせているだろう。なんとか昂《たかぶ》った気持ちをやり過ごしつつ、そおっと身体を半分だけ起こした。

隣にいる木田の顔を覗《のぞ》き込むと、じわじわと愛しさが込み上げてくる。キスでもしてしまおうか。そんな風に思っていると、ぱっと木田の目が開いた。

「あ」

驚いて声を上げると、木田はすぐに葉月の方へ視線を向けた。かと思うとぬっと手が伸びてきて、葉月の頬をするっと撫でる。その指の動きひとつ取っても、どこか甘くて赤面してしまう。

「おはよう、葉月」

「おは、よ……」

照れながら返事をすると、木田は妙にニヤケながらごそごそと動いて葉月に自分の身体を密着させた。

「ちょ、何?」

「何って、くっついたらダメなのかよ」

ダメではないが、落ち着かない。困ってもぞもぞしていたら、手が回ってきて、ぎゅっと抱きかかえられた。体温の高い彼の身体は、触れていると温かい。それは身体だけじゃなく、心もそうなんだと思う。

昨日は散々触られたというのに、まだドキドキして全然慣れない。けれどそれを口にするのはなんだか悔しくて、葉月は黙り込んだ。

静かだけれどイヤな沈黙ではなく、むしろ幸せすら感じてうっとりとしていた時だった。

「……そういえばさ、カズキって誰？」

「は？」

頭上からかけられた唐突な質問に、葉月は目を丸くした。

「和樹って……自分の名前でしょ。どうしちゃったの木田。疲れてるの？」

「アホか。自分の名前くらいわかってるっつうの！　そうじゃなくて……お前、呼んでたんだよ」

「誰を？」

「だから、カズキって」

「は？　いつの話？」

「インフルエンザで病院で倒れた時！　診察室で眠ってる時に……『カズキ』って名前を呼んだんだよ。俺はてっきり山下さんが『カズキ』なのかと思ってたんだけど、よくよくもらった名刺を見てみりゃ違うし」

全く心当たりがなくて、しばらく考え込んでいたら――突然思い出した。

「あー！　それね、夢見てたの。小さい頃の」

「夢？」

「うん。夢って言っても本当にあったことで、小学生の時のことなんだけど」

葉月は、記憶の糸をたぐった。

「社会科見学の時だから、多分五年生くらいかなあ？　バスに乗ったら酔っちゃって、その時に隣に座っててキャンディーをくれた男の子の夢！　具合悪かったからだと思うんだけど、その時の夢を見て……隣の男の子が、確か『カズキ』って呼ばれてたなあって」

ニコニコしながら話していると、みるみるうちに木田の顔色が変わっていった。

「お前……それ、覚えてるの？」

「え？　忘れてたよ」

「っ、じゃなくて！」

なんのことかわからずぽけっとしてると、額をぺちんと叩かれた。

「いたっ！　何なのよ!?」

「木田ってカズキって言うんだー……じゃ、ねえよ！　それ、俺だっつうの」

「へ？」

ぽかんと口を開けた。言われてみれば、確かに背の高い男の子で、どこかぶっきらぼうな話し方で——

「ああああっ！　あれって木田だったんだ！　ぐうぜーん！」

葉月は興奮して言った。

「よく覚えてたね！　そして私もよく思い出したなあ」

木田はぐったりと脱力したように、葉月の肩に顔をくっつけた。

「……疲れるわ、お前。何が『ぐうぜーん！』だよ。俺がいつから好きだったかなんて、絶対教えないからな」

「え、なになに？」

くぐもった声が聞こえなくて振り返ろうとしたら、再度木田は葉月のふくよかな身体をぎゅっと抱きしめた。

「わ、ちょっと」

「あー……柔らかい、葉月の身体」

「や、やだ。やめてよ」

木田の手は、二の腕やお腹といった柔らかい場所ばかりを摩《さす》ってくる。まるで肉付きを確かめられているみたいで、身をよじって逃げようとした。

けれど、それは果たせずがっちりとホールドされてしまう。

「やだって、なんで？」

「イヤに決まってるじゃん！」

自分の身体へのコンプレックスは、異性に身体を晒《さら》したからってそうそう消えるものじゃない。むしろ、見られたからこそなんとかしたいと切実に思う。

それでも――こうやって幸せそうに頬ずりする木田を目にしたら、なんだか「まあいっか」と思えるのが不思議だ。

とはいえ。

いくら嬉しそうな顔をしていても、ぷにぷにと身体を摘まれるのはやっぱり納得がいかない。

「やっぱ、ダイエットしよう」

決意を新たにそう口にすると、木田は訝《いぶか》しげな顔で葉月をマジマジと見つめた。

「お前は何を言ってんだ？　俺は、今のままの葉月がいいのに」

「そう言ってくれるのは嬉しいけど……それとこれとは別！　もっと自分に自信持ちたいもん」

「ダメ。必要ない」

木田はきっぱり言ってのけると、葉月をますます強く抱きしめた。

「自信なら、俺がいくらでもつけてやるよ。俺がお前に傍にいてほしいように、お前にとって俺が必要な存在になれたら、そんなコンプレックスなんてどうでもよくなるだろ？」

真剣な声色に心は揺れるけれど、乙女心はそんなに簡単ではないのだ。

「それとこれとは、話は別だと思うんだけど」

「俺にとっては別じゃないよ。性格も体形もお前のコンプレックスも、全部含めて好きだから」

さらりと言われて、葉月はうっと言葉に詰まった。

「なんだよ」

「や、だってさ……」

こんなに自分を丸ごと受け入れてくれる存在は初めてで、心地《ここち》好《よ》さにどうしていいかわからなくなる。『たくさん聞かせてやる』と言ったからか、昨夜も何度も好きだと囁《ささや》かれた。言われ慣れないセリフながら心地好くて、葉月はふにゃりと木田の身体に頰をつけた。

「好きって……言ってくれたの木田が初めてで、なんか嬉しくて」

ぽつりと呟くと、意外にも木田の顔がほんのりと赤くなった。

「おま……っ！」

突然がばりと身体を起こしたかと思うと、葉月の上に覆いかぶさってくる。

「ひゃっ！」

驚いてぎゅっと目を瞑《つぶ》ると、瞼《まぶた》に柔らかいものが触れた。

「何度だって言ってやるよ。……好きだ、葉月」

至近距離で囁《ささや》かれた言葉と共に、キスが降ってきた。

恋愛経験ゼロの自分に、このシチュエーションは甘すぎる。なんだか頭がクラクラしてきて、葉月は慌てて目を開けると木田の身体から逃れシーツにくるまった。

「いやなのか？」

「そ、そうじゃなくて……まだこういうの、慣れてないの。起きたばっかりで髪もボサボサだし、できるなら見られたくないくらいで」

「じゃあ、徐々に慣れていこうな」

「わ、だめ」

身体にまとっていたシーツを剝《は》ぎ取られ、葉月は身を縮こませた。

「寒い！」

「温めてやろう」

再び覆いかぶさってきた木田が、身体全部で葉月を抱きしめる。いくらこっちが太っていようが、長身の彼の身体にはすっぽり包まれてしまう。

（いつも……こんなことしていたら、いつかコンプレックスも気にならなくなるのかなあ）

自分に一番コンプレックスを植え付けた人が、それを取り除こうとしているのになんだか笑えてきてしまう。大好きと思える人ができて自分がどう変わっていくかなんて、まだわからないけれど――

「コンプレックスがなくなるのか、それともダイエットが成功してスリムな身体を手に入れられるか……どっちかな」

ぽつりと呟くと同時に、猛烈な空腹を覚えた。そういえば昨夜の中華料理は胸がいっぱいであまり食べられなかったし、いつもならとっくに朝食を食べ終えている時間だ。

「そういえばこのホテルの朝食って、パンケーキを目の前で焼いてくれるらしいぞ。蜂蜜も十種類以上あって、メープルシロップも最上級って言ってたかな。バターの上からかけると絶品だって。朝食頼んでなかったけど、今なら間に合うかもしれないから行ってみるか？」

ニヤニヤしながら木田が言い、それを聞いた途端に葉月のお腹がぐうっと鳴った。

「お前が行かないって言っても、俺は一人でも行くけど。体力かなり消耗したから、腹減った」

「ず、ずるい！」

あっさりベッドから下りようとした彼の背中を見ながら、葉月も身体を起こす。

「私だって、お腹空いた。……喉も乾いたし」

「たくさん、いい声出してたもんなあ」

くしゃくしゃと髪を撫でられ、葉月は恨めしく思いながら木田を見上げた。

「さっきの話。コンプレックスがなくなるのか、それともダイエットが成功するのかって言ったら……俺は間違いなく前者だと思う。じゃないと、お前の彼氏になった意味がない。俺が今の葉月がいいって言うんだから、お前はもっと自信持て」

くしゃくしゃと、大きな手が葉月の髪を撫で回した。

「ほら、行くぞ。行かないって言うなら、もう一回……」

「わ、や、一人でも行くって言ったくせに！　行く。行くってば！」

「じゃあ、続きは後でな」

にっこりと笑いながら、木田は葉月に軽くキスをした。

ダイエットと言うより、今よりもっと綺麗になりたい。それが木田のためだと言っても、わかってくれないだろうけど。

彼となら、長年抱えてきたコンプレックスの行き先を見守ってもいいかもしれない。

そして――これから自分が、どう変わっていくのかも。

いきなり自信を持つのは無理だけど、少しずつ変わっていきたい。

「木田、そこまで言うなら、ちゃんと隣で見守っててよ」

葉月は広い背中に全身で抱きつき、そう囁《ささや》いた。

番外編

独占欲の行き先は

ずっと立て込んでいた仕事がようやく片付いた金曜日の夕方。営業所に戻ってぐったりと自分のデスクについた木田和樹は、スーツのポケットからスマートフォンを取り出した。

『今日は早く上がれそうだから、飯食いに行こう』

そう昼すぎに送ったメッセージには、まだ返信がない。ため息を吐きつつ、商品のパンフレットが入ったファイルを乱暴にデスクの引き出しにしまった。

早く上がれるなんて、葉月を誘うための嘘だ。本当は片付いていない仕事が山ほどある。それを片付けようと思えば終電ギリギリまでかかるだろう。けれど、今日中にやらなきゃいけない仕事じゃない。来週でも大丈夫だ。

(たまった仕事は、後からでもなんとかなる。今週はせっかく休日当番を免《まぬか》れたから、週末はたっぷり葉月と一緒に過ごせるのに)

和樹の会社では自社の機材に何かあった時、すぐに取引先へ駆けつけられるように、週末ごとに休日当番が決まっていた。元々技術者を目指していた和樹は他の営業よりも対応できる幅が広いとあって、何かにつけて当番にされることが多かった。

今までは別にそれでもよかった。トラブルがなければ現場に呼び出されることもないし、たとえ呼び出されなくても割増の休日手当がつく。大学の同期と比べると、医療機器メーカーの営業の仕事は給料は多めだったが、より多くもらえるならもちろんもらいたい。

週末仕事に出ても友達付き合いに支障が出ることはなかったし、特別ハマっている趣味もない。だから今まで、それを苦に思ったことはなかった。

けど、状況は大きく変わった。

お互い平日は忙しく働いている。特に和樹は医師相手とあって、あまり時間の融通が利かない。そんな二人が仕事帰りに頻繁に会うのは難しかった。

だからこそ、週末に会いたいと思うのは当然の心理だ。

けれど、今まで休日当番を多く引き受けていた和樹が突然「今後は順番にしてほしい」と申し出たところで、そう上手《うま》くはことが運ばなかった。

今までホイホイと引き受けていたのが災いして、皆すぐには週末の調整ができないようだった。結局、同僚や先輩より多く引き受けてしまっているのが現状だ。けれど、今週末は久々に休日当番から外れたのだ。

「葉月ちゃんからのメール待ちか？」

いつの間にか背後に忍び寄っていた先輩の古内が、和樹の肩をぽんと叩いた。慌ててスマホを伏せてデスクに置く。

「べ、別に……」

「お前がそんな顔してスマホ見てる時は、葉月ちゃんがらみだってのはとっくにばれてんだよ」

古内は笑いながら、和樹の隣のデスクに座った。

どうやら和樹は自分で思っているよりもずっと感情が表に出やすいタイプらしく、彼女ができたことは速攻でバレてしまった。特に古内は、それが葉月だとすぐに見抜いた。

「仕事中はあんまり携帯見ないみたいで」

「俺らみたいな営業職と違って、事務職は見る必要ないもんなあ。仕事中に必要ないのにケータイ弄《いじ》ってる子よりずっといいよ。見かけどおり、まじめそうないい子だな。お前にはもったいない」

「……俺にはもったいないって、どういう意味ですか」

「そのまんまだろ」

接待で顔を合わせた時から、古内は葉月に好意のありそうな態度を取っていた。合コンを繰り返す移り気な先輩ではあるが、何かにつけて葉月の話を出すので気になってしまう。

「そんな面白くなさそうな顔するなって。自分の彼女が褒められてるんだぞ？　喜べよ」

「そりゃどうも……」

話しながらもさっさと書類を片付け始めた古内に倣《なら》って、和樹も急いで書類を広げた。葉月からいつ連絡が来てもいいように、今日やらなければならない仕事はさっさと片付けてしまおう。営業の成果がなかったことは虚《むな》しいが、その代わり特にトラブルもなかった。こんな日もあると思っていた時、デスクの上の携帯が鳴り響いた。

プライベート用のスマートフォンではなく、会社から支給されている携帯だ。急いで手に取り携帯を開くと、画面には「下関先生」の文字が見えた。

「もしもし、滝波メディカルの木田です」

『あ、木田ちゃん？　もうすぐ仕事終わりだっていうのに悪いね』

携帯の向こうからは、呑気《のんき》そうな下関医師の声が聞こえてきた。

「いえ、大丈夫です。何かありましたか？」

『いやさ、実は俺の同期が今度開業するってんで挨拶に来てるんだけど……木田ちゃんのとこで今度、新型の機材が出るって言ってたじゃん。うちは新調するの無理だけど、そいつがちょっと話を聞きたいって言っててさ。どう？　今から来れるー？』

和樹はガタンと音を立てて椅子から立ち上がった。

「行けます。すぐに行きます！」

『んじゃ待ってるねー』

携帯が切れた後、和樹は急いで先ほどしまった新製品のファイルを取り出した。発表になったばかりの新しい機材で、うまく行けば営業所での売り上げ第一号になれるかもしれない。

「これから営業か？」

古内の問いかけに頷いた後、和樹は急いで営業所を飛び出していった。

商談がまとまったのはよかった。けれど、葉月にメールをしていたことをすっかり忘れていた。

それを思い出したのは、商談を終えほっとして車に乗り込んだ瞬間だった。

早く上がれるどころか、葉月の定時はとっくに過ぎている。

「うわ、やべ」

慌ててスマホを手に取ってみると、葉月からメールが来ていた。加えて、着信の履歴も残っている。

『私も今日は定時に終われそうだよ。どうする？』

『どうしたの？　急に仕事入ったのかな？』

そんなメールが来た一時間後、

『会社の人たちにご飯誘われたから、行ってきます』

で、葉月からのメールは終わっていた。

「あー……なんだよー」

恨みがましい言葉が出たが、葉月は悪くない。早く終われそうだとメールはしたけれど、その後ほったらかしにしたのは自分だ。何かを約束したわけでもないし、音信不通になったのもこっちが悪い。

元々葉月は会社の年配のおじさんたちに可愛がられていた。聞けば、和樹と付き合うようになるまではかなり頻繁に仕事帰りに呑みに連れていってもらったらしい。金曜日、和樹からの連絡がなくしょぼくれた葉月をおじさんたちが誘うのは、想像するに難くない。

「はあー……」

商談がまとまったのは嬉しいけれど、この展開にはかなりへこまされた。けど、仕方ない。和樹は営業所に戻るため、ノロノロと車を発進させた。

営業所に戻ると、古内は当然のように退社していて、それどころか和樹の机の上にメモ書きが置かれていた。

『今日はここで合コンです♪　葉月ちゃんにフラれたら来てね♪』

「もう行かねーって言ってるのに、あの人も結構しつこいな……」

さすがに会社のゴミ箱に捨てるわけにはいかなくて、くしゃりと丸めてスーツのポケットに押し込んだ。仕事が片付いてから葉月にメールはしてみたが、返事は来ない。きっと会社の人と盛り上がっていて、メールに気付いていないのだろう。仕方なく残っていた仕事を全て片付けると、結局営業所を出たのは一番最後だった。

腹も減ったし、ダメージも大きい。このまま帰宅する気にはなれず、どこかで飯でも食べながら一杯飲んで帰ろうと和樹は街をぶらつき始めた。

適当に格安な牛丼チェーン店に入ろうかとも思ったが、落ち込んでいるだけに旨《うま》いものを食べたいという欲求が湧いた。営業所が移転してしまったせいで知っている店も少なく、こうなるとカンだけが頼りになる。

飲み屋街をウロウロしていると、ふといい香りが漂ってきた。店先に掛けられた暖簾《のれん》に年季を感じるが、ぱりっとしていて清潔感がある。なんとなくだけれど、いい店に違いない気がした。何より、空腹が限界だ。

和樹は少しだけ緊張しながら暖簾《のれん》をくぐり、ガラガラと引き戸を開けた。

「いらっしゃいませ。何名様ですか？」

「あ、一人で……」

「それではカウンターでよろしいですか？」

「はい」

愛想のいい店員さんに案内されカウンターに向かう途中、小上がりの横を通った。

「お！」

「は？」

野太い声がしてそちらを向くと、葉月と一緒にいる時に出会った大柄な年配の男性がいた。葉月にひどいことを言った若者に怒りが爆発しそうになったのを、さらりと収めてくれた人だ。確か、鍋島と名乗っていた。

「あ、どうも」

もしかして――

「か、和樹!?」

年配の男性ばかりに囲まれ、葉月が目を白黒させてこちらを見つめていた。

「どうして、ここに」

「お前こそ」

二人のムードを察したのか、葉月の周りの中年男性たちがやいやい騒ぎ出した。

「もしかして、あの男が葉月ちゃんの彼氏か！」

「え、あの、そう……ですけど」

「なにぃーっ、おい、兄ちゃん！　こっち来て座れや」

そうして拒否する間もなく、和樹は腕を引っ張られ葉月の隣に座らされていた。

なるほど。これがいつも聞いていた集まりか。

葉月の前にはおいしそうなおつまみが所狭しと並んでいて、空腹の和樹は思わずごくんと唾を呑み込んだ。

「旨《うま》そう……」

「和樹、ご飯食べてないの？」

「食ってない。今までずっと仕事だったから」

「早く上がれそうってメールくれてたのに。急な仕事？」

「うん、まあ……」

ちらりと目の前の焼き鳥に目をやると、それに気付いた葉月が慌てて皿を引き寄せた。

「食べていいよ、和樹」

「いや、そういうわけにいかないって。お前のだろ」

会社のおじさんたちが葉月のために頼んだであろう品々を、後から来たヤローが食べていいわけがない。

葉月以外若い女の子のいない職場で彼女が相当可愛がられているのは知っているし、顔を出した時から品定めをするような視線を送られている。

軽々しく手を出せば、後が怖い。

戸惑いつつもメニューに手を伸ばすと、目の前にいた年配の男性がニカッと笑った。

「兄ちゃん、遠慮するな。どーせ最近葉月ちゃんは、あんまり食べなくなったもんなあ。どこの誰の目を気にしてるのか知らねえけど」

それは、もしかしなくても自分のことだ。ちらりと横の葉月に目を向けると、彼女は慌てて下を向く。

「お前……ダイエットとかしてるんじゃねーだろうな。気にすんなって言ってるのに」

「ち、違うの。本当、なんか最近お腹がすかないっていうか」

「は？　具合でも悪いのか？」

「そ、そうじゃなくて……」

そんな二人のやり取りを見て、鍋島が高らかに笑った。

「なんだ、恋煩《わずら》いか！」

途端に、葉月が頬を赤くする。嬉しいことに、そのとおりらしい。

「まあとにかく、兄ちゃんが余計なことを言ってるわけじゃないならよかった」

どうやら、葉月が食べなくなったのは和樹が何か言ったせいだと思われていたらしい。

「お前……俺、一度もそういうの言ったことないだろ？　食べるの好きなくせに、無理に我慢するなよ」

「本当、我慢とかしてないんだけど……」

再会した時よりも少し細くなった葉月は、恥ずかしそうに俯《うつむ》いた。

「よし、兄ちゃん。まずは食え食え。仕事終わりでこの時間なら腹空いてるだろう？」

和樹への誤解が解けたのか、一気に場のムードが打ちとけた。和樹はほっとして割りばしを手に取って、猛然と葉月の前に置かれた惣菜を食べ始めた。


女性を相手にするのと違って質問攻めにされるようなことはなかったが、代わりにじわじわとくる精神的な圧力は相当なものだった。

おじさんたちは葉月を自分の娘とまでは言わないまでも、親戚の子みたいに思っているのかもしれない。職場で好かれているということは葉月の人柄の表れで嬉しくもあったけれど、面白くないことも多々あった。

「さすがに彼氏が一緒となると、今までの食いっぷりは無理そうだなあ」

言いながら、鍋島が葉月の髪をくしゃくしゃと撫でた。

――人の彼女に、気安く触らないでください。

喉元まで込み上げてきたセリフを、ぐっと呑み込む。

「もう！　鍋島さんったら」

葉月も葉月で、すっかり気を許した様子でニコニコ微笑んでいる。

何歳になったって、男は男だ。いくら職場の同僚で父親に近い年齢だからと言って、そこまで気を許すなんて無防備すぎるだろう。

そんなことを言えば間違いなく葉月はイヤな顔をするだろうから、言わないけど。幸せそうにのほほんとしている横で和樹がぶすっとしていると、目の前に座る人たちがニヤニヤしながら眺めてきて、それもまた面白くない。

つい、いつもより酒を飲むスピードが上がる。

「兄ちゃん、なかなかイケる口か？　今日はじゃんじゃん飲め飲め」

グラスを空けるそばから次の酒が目の前に置かれ、和樹は半ば自棄《やけ》になって酒を流し込んだ。

「和樹、そんなに飲んで大丈夫？」

「平気平気」

こちとら、伊達《だて》に営業職についているわけじゃない。葉月を可愛がるおじさんたちに試されてるのだと思えば、なおさらその酒は断れない。

「すみませーん！　遅れちゃって……って、木田くん!?」

ガラガラと引き戸を開けて客が入ってきたかと思うと、それは葉月の先輩の山下だった。

「や、山下さん！」

葉月との仲を不倫だと勝手に誤解し、暴言を吐いたまま今まで謝る機会がなかった。和樹は慌てて立ち上がると、山下に向かって頭を下げた。

「その節は……大変失礼な誤解をしてしまって、申し訳ありませんでした！」

いきなりの行動に、周りも驚きを隠せないでいる。

「いやいや、いいんだよ～。終わりよければ全てよしって言うじゃん！　結局、葉月ちゃんと木田くんがうまくいったんなら、それでいいよ」

山下はニコニコしながらそう言ってくれたが、しでかしたことを思うと素直に引き下がれない。

「ホント……すみません。奥さんの前で、あんなみっともない……」

「若気の至りってやつだね。嫁さんもわかってるから、大丈夫だよ」

「なんだなんだ？　何があったんだ？」

状況を掴めていない周りの年配の同僚たちに、山下が笑いながら説明した。

「木田くん、俺と葉月ちゃんが不倫してると思い込んでいたんですよ。まあ、俺も誤解されるようなことしたから悪いんですけど」

「何？　誤解されるようなことってなんだ、山下」

奥の方に座っていた男性が、日本酒をちびりと飲みながら言った。確か、葉月は課長と呼んでいた。

「え、課長。そんな……大したことじゃ」

「まさかセクハラか⁉」

「なにーっ‼」

途端に皆が気色ばみ、葉月が慌てて立ち上がる。

「そんなこと、あるわけないじゃないですかー‼」

「じゃあ、兄ちゃんに聞けばいいんじゃないか？」

「え、俺ですか⁉」

これは長丁場になりそうな気がする。内心ぐったりとしながらも、和樹は葉月の心配そうな視線を感じてぐっと背筋を伸ばした。


どこをどうやって帰ったのか、正直あまり覚えていない。

気付けば和樹はベッドの上で、ぱちりと目を開いた。見慣れない天井に、慌てて身体を起こす。

「あ、起きた？」

和樹が起きたことに気付き、ベッドを背に座っていた葉月がこちらを振り返った。

「大丈夫？　家に着くなりいきなりベッドに倒れ込むから、びっくりしたよ」

「俺……いつの間に帰ってきたんだ？」

呆然と呟くと、葉月はきょとんとした表情を見せた後にくすくすと笑い出した。

「覚えてないの？　あんなにたくさんいろんなこと話してたのに」

「たくさんって……なんだ？」

ズキズキ痛む頭を押さえながら言うと、葉月はパッと顔を赤らめた。

「ええと、大したことじゃないよ」

その表情を見れば、なんとなく想像がつく。頭を押さえながら、和樹は再びベッドに倒れ込んだ。

聞けば、飲み会の終わりに迎えに来てくれた山下の妻の綾乃の運転で、葉月のマンションまで帰ってきたらしい。葉月の話では、しきりに山下と綾乃に謝っていたとのことだが、それもあまり覚えていない。

明るい陽射しに今何時かと聞いてみれば、日付が変わったどころかもう翌日の昼近くだった。

「水、持ってこようか？」

「うん、頼む……」

ほどなくして持ってきてくれた冷たい水を飲んでいると、葉月がじーっとこちらを見つめているのに気付いた。

「……何？」

「ううん、なんでもない」

顔を赤らめながらふるふると首を振るが、口元がなんだかニヤニヤと緩《ゆる》んでいる。なんだか悔しくなって、和樹は空《から》のグラスをサイドボードに置くと葉月の腕を引っ張ってベッドに引き入れた。

「ひゃっ、和樹、まだお酒臭《くさ》いよー」

抵抗したのは少しだけで、葉月はすっぽりと和樹の腕の中に収まった。ふわふわした身体を抱きしめながら、その肩に顔を埋《うず》める。何を話したのだろうと考えていると、ぼんやりながら昨夜の記憶が蘇《よみがえ》ってきた。

「……もしかして俺、初恋の話とかしたか」

葉月は、抱きしめられた窮屈な姿勢のまま振り返った。

「お、覚えてるの？」

「なんとなく……思い出してきたかも」

うちの紅一点《こういってん》を、適当な男には渡せねえなあ。

そんな風にからかわれ、俺からしてみればあんたらの方がよっぽど許せないと言ってしまった。

「俺は、小五の時から葉月のことが好きなんですよ」

思わずそう口を滑らすと、面白がってはやしたてられた。さらに、いつもはほとんど飲み会に顔を出すことがないという、パートの女性が後からやって来たのもまずかった。

「あら！　葉月ちゃんの彼氏～？」

男だけならそれほど深くは掘り下げられなかっただろうが、女性がいるとなると話は別だ。あっという間に、社会科見学のバスの話をせざるを得ない状況になってしまっていた。

「あの話、本当？」

葉月が恐る恐るといった風に小声で言った。

「本当だよ」

バスの席はくじで決まったのに、隣になった女子には「木田の隣なんて最悪」と吐き捨てられた。しかも、気持ちが悪くなったと嘘までついて席を替えられた。

俺が何かしたかよ。

友達の隣に座りたかったのは、和樹だって同じだ。不可抗力なのに、一方的にこっちが悪いみたいな態度を取られて、腹が立つと同時に傷ついた。

そんな和樹の隣に、その女子と代わって座ったのが葉月だった。

和樹は葉月を抱きしめる腕の力を強くした。

「バス酔いしたくせに、俺の隣で必死に耐えてる姿はなかなか健気《けなげ》で可愛かった」

ふざけてそう言うと、葉月はうーっと低く唸った。

「だって……和樹だって、あの時傷ついてたでしょ」

「俺？」

「ん。そう見えた。私は……別に、和樹の隣でも全然嫌じゃなかったから、私まで席を替わって誤解されるのがイヤだったの。でも……その後とかも、全然話したりしなかったじゃない？　あれが初恋って言われても、全然ぴんと来ないんだけど」

「それは、思春期特有の照れくささって言うか」

あの後、クラスの中でもあまり目立たない葉月が、途端に気になる存在になった。グループで何度か一緒に遊ぶ機会はあったけれど、意識しすぎて少し会話するのもやっとだった。それも、葉月にとっては他愛ないことだったに違いない。

もどかしいくらい、なんの進展もなく日々が過ぎていった。だから中三で接点ができた時に、焦ってしまったのだ。

「色々すっ飛ばして、突っ走ったのは謝る。若気の至りだな」

「若気の至りって……大人になって再会しても、あんまり変わってなかったと思うけど」

うっと言葉に詰まった。

「それは、そのとおりだな……」

再会したばかりのことを突かれると、さらに反省しなければならない。

男ばかりの営業所で、楽しみと言えば取引先の女性社員と話すことという社員も少なくない。

そんな時、先輩の古内が言ったのだ。

「そういえば、今度営業所の改築工事で候補にあがってる杉並建設の事務の子、なんか可愛いんだよなー」

「へー、可愛い系？　綺麗系？」

もぐもぐとコンビニ弁当を食べながら、一人の同僚が聞いた。

「うーん……マシュマロ系？」

「なんだ、ぽっちゃり系か」

モデルみたいな細い体形が好みだと公言している同僚は、早々に興味を失ったように箸《はし》をブラブラと振った。それとは逆に、食いつく輩《やから》もいる。

「あ、いいな！　俺、そういう子好きっす。癒《いや》し系ですか？」

「そんな感じ。なんて言うか、とにかく感じがよくて笑顔が可愛いんだよなー。大体パートのおばちゃんがお茶を運んでくるんだけど、たまにその子の時があって。ふんわりしてるって言うか……ああいう子が彼女で家で待っててくれたら、さぞかし癒されるだろうなあ」

「へー、見てみたいけど……担当じゃない俺が、杉並建設に行く機会なんてないっすよね」

興味津々だった同僚が、残念そうに言った。

病院の受付と違って、気軽に見に行ける子じゃない。だからあっさりとその話は流れてしまい、和樹もすぐに忘れてしまっていた。

けれどそれからしばらくして、和樹が古内の代わりに杉並建設に書類を届けることになった。まさかその事務の子が、葉月だとは思ってもみずに。

「もしかして……小山内？」

恐る恐る呼びかけると、葉月はボブの髪を揺らしながら和樹を見た。初めは誰だろうと戸惑っていた瞳は、和樹を認識した瞬間みるみる険しく変化した。

中学の卒業式間近。どうせ関わりがなくなるのなら、彼女に自分という存在を刻み付けたい——そんな仄暗《ほのぐら》い衝動に突き動かされて、彼女にしてしまった行為を、ずっと後悔してきた。

それなのに、再び同じようなことをしでかしてしまうあたり、自分は中学時代からほとんど成長していない。

「情けねえよなあ……」

葉月を腕に抱きしめたまま、和樹がぽつりと呟いた。こうして葉月がこの腕の中にいるのを、奇跡みたいに感じる。自分を好きになってくれたのも、身を委《ゆだ》ねてくれたことも。

「え？　何？」

顔を肩に埋《うず》めたまま呟いたせいか、葉月に和樹の声は聞こえなかったらしい。後ろを振り向こうとしたのを、抱きしめて阻止する。

「ん、やっ」

すると肩に息がかかったのか葉月がふるりと身を震わせた。そんな小さな動き一つで、気持ちが一気に昂《たかぶ》っていく。

「どうしてそんな声出すんだ？　俺、まだ何もしてないけど」

そう言うと、後ろから見ていてもわかるくらい葉月の頬がほんのり朱色に染まる。

「だって……」

消え入りそうな声で呟くと、和樹の腕にきゅっとしがみついた。そして、柔らかい唇をふにゅっと押し付けてくる。いつも恥ずかしがってばかりいる葉月の今までにない反応に息を呑んだ。

「珍しいな」

自然と掠《かす》れてくる声で囁《ささや》くと、葉月はぴくんと身体を震わせた。

「だって……昨日、色んな話、聞いてたら……」

唇を腕に押し付けたままで喋るからくすぐったい。そのぞくぞくした感覚は、たちまち全身を駆け巡る。誘うような声色に聞こえるのは、気のせいじゃないと思いたい。

「抱きたい。今すぐ」

低い声に、葉月はほんのちょっぴり首を縦に動かした。


身体の前に回していた手を、そのまま葉月のふくよかな胸へと移動させる。

「ブラ、つけてないんだ」

下着に包まれた時の硬い感触とは違って、セーターの下の胸は柔らかくてハリがある。軽く指に力を入れると柔らかな双丘に指が食い込んだ。和樹はたまらず服の中に手を差し込み、体温を手の平に感じながら胸を揉みしだく。すると、葉月は声を殺したまま小さく息を吐いた。

少し触れただけで、その頂が硬さを持ち始めていくのがわかる。指先でコロコロと回してみれば、葉月はぴくんと身をくねらせた。

（胸が大きいと鈍感だってのは……都市伝説だな）

少なくとも、葉月は違うと断言できる。

柔らかく温かい胸は触れているだけで気持ちがよくて、つい夢中になってしまう。葉月は愛撫に反応してしまう自分が恥ずかしいのか声を抑えようとするが、抑えきれない吐息や甘い声を漏らし、身体を何度も揺らす。

「葉月はここが気持ちいいんだよな？」

そう言いながら指先できゅうっと胸の先端を摘んだ。ひくっと背中を反らせたのと同時に、わずかに腰のあたりが反応したのを和樹は見逃さなかった。すぐに彼女の秘所へと指を伸ばしたい気持ちを堪《こら》え、後ろから抱きしめながら双丘を揉みしだく。

違う、とでも言いたげに葉月の首が弱々しく横に揺れた。そのはずみで茶色い髪の隙間から彼女の小さな耳が表れ、思わずそこに軽く唇をつける。そのまま舌を伸ばし耳の縁《ふち》にゆっくり這《は》わせると、葉月は白い喉を途端にのけ反らせた。

「あ、ぃやぁ……っ」

「イヤ？　イヤなわけがないよなあ。こんなに可愛い声を出して」

可愛いという言葉を言われ慣れていないのか、それともこんなことを褒められ逆に恥ずかしいのか、葉月の耳はさっと赤くなる。その反応が可愛くてさらに耳の後ろを舐め「可愛い」と息を吹きかけると、今度は声を上げないように耐えていた。

「我慢するんだ？」

指に力を入れて胸をぎゅっと握ると、葉月の身体が少しだけ強張《こわば》った。和樹の口調にいつもと違うものを感じ取ったのかもしれない。それを宥《なだ》めるように片方の胸から手を離してゆっくり彼女の身体を手の平で擦《さす》ると、ほっとしたのかまた和樹へと身を預けてくる。

葉月のしっとりとした肌は触れると吸い付くようで、これがモチ肌というのだと初めて知った。ずっと触れている胸から、彼女の体温の上昇を感じる。飽くことなくじっくりと触りたい——浅ましくも中学の時から抱えていた欲望は、この年になってようやく叶った。和樹は自分の手の中で自在に形を変える柔らかい胸を夢中で揉みながら、葉月のセーターを素早くまくり上げた。

「ひゃ、あっ」

露《あら》わになったつるりとした背中を、舌で舐め上げる。何度目かの交わりで、彼女はそこが気持ちいいのだと知った。

「葉月……」

背中に唇をつけたまま名前を呼ぶと、ほんの少しぴくりと反応する。

「か、ずき」

小さな声が聞こえ、そして恐る恐るといった風に和樹の手に葉月の手が重なった。そして、和樹が与える愛撫に合わせて、柔らかい手がきゅっと和樹の指を握る。

たまらなくなって、和樹は上半身を起こすと葉月の身体をひっくり返した。突然の行動に、葉月は目を丸くして和樹を見上げる。

その頬はピンク色に染まっていて、唇は濡れたように光っている。抑えきれず、彼女の唇に吸い付き舌を差し込む。

「ん、んん……っ、ふ、あぁ」

舌に吸い付き軽く噛みながら、零《こぼ》れ落ちそうな唾液《だえき》をすする。

甘い。

柔らかくてマシュマロみたいな葉月は、身体中の全て、その唾液すらも甘く感じる。和樹の激しい口づけに必死に応《こた》えてくる様が愛おしくて、貪《むさぼ》るように口腔へと舌を這《は》わす。

唇を重ねるだけの行為がこんなにも気持ちがいいと思えるのも、夢中になってしまうのも、初めての経験だ。

このふわふわとした小さな唇は、おそらく俺しか知らない――

そう思うと、たまらなくなった。

「ふぁ……っ、ん、ぁ」

再び胸へ手を伸ばすと、葉月は喉の奥から甘い声を上げた。細く目を開いてみれば、うっとりと目を瞑《つぶ》る葉月の顔にはあきらかに快感の色が表れていて、一気に自分の下半身に熱が集中するのがわかった。

キスの合間に葉月の服に手を伸ばし、セーターをまくり上げさっさと脱がせた。上は薄いキャミソール一枚になったが、それもキスの合間にくるりとまくり上げて脱がせてしまう。

露《あら》わになった身体を葉月が両腕で隠そうとしたが、それを遮《さえぎ》って顔を胸へと寄せた。柔らかな双丘に数回頬ずりした後、舌を伸ばして胸の周りを舐める。じっくりと舐め回した後、そのままますっと上がって頂《いただき》を舌でくるんだ。

「やん……っ、あ、はぁっ！」

激しく舌を動かしてむしゃぶりつくと、葉月の声がいっそう高くなった。舌だけでは足りず、手で揉み上げながら軽く歯を立てる。和樹の行動ひとつひとつに葉月は敏感に反応してくるので、もっともっとと求めてしまう。

胸の先端を強く吸い上げ、そのまま舌を動かし刺激した。その間にも、手をゆっくりと下へ滑らせていく。

まだ穿いたままだったデニムに手をかけると、葉月が腰を浮かして脱がせやすいように動いてくれた。それも脱がせてしまえば、彼女の身体を覆うのはあとは薄いショーツ一枚になる。

ショーツのつるつるとした手触りを味わいながら、すっと中に手を入れる。一瞬、抵抗するような仕草を見せたが、気にせず中へと指を差し入れる。繁みをかき分けて秘所に手を伸ばすと、そこは既にこちらの期待以上の反応を見せていた。

「葉月、いっぱい濡れてるね」

「う、やっ……言わない、で」

ほんの少し割り開くだけで、とろりと蜜が流れ出てきた。指を往復させると、途端にくちゅくちゅと卑猥《ひわい》な水音がする。わざと音を立てるように指の腹で表面を何度も触ると、葉月は羞恥《しゅうち》に顔を赤く染めながらも僅かに腰を動かした。

ショーツをするりと剥《は》ぎ取ると、溢《あふ》れた蜜がつつっと糸を引く。

「やらしー」

たまらず言うと、葉月はきゅっとシーツを握って首を振った。それをじっと見下ろしながら、再び秘所へと指を伸ばす。

数回撫でるだけで、指はすぐに蜜にまみれた。それを前後に動かしてから、じゅぶりと葉月の中へと沈めた。

「あ、あ、あああぁ……っ」

指を埋め込んでいくのに合わせ、葉月が吐息まじりの声を出した。それに合わせて、くぷくぷと水音を立てる。

「あぁ……っ、ん！」

葉月の身体と同じく、中もまた柔らかくて温かくて気持ちがいい。たった一本の指なのにきゅうっと切ないほどに締め付けられ、これから先のことを思うとごくんと喉が鳴った。

ゆっくりと出し入れを繰り返しながら、指を二本に増やす。葉月の眉間に皺《しわ》が寄ったが、すぐにそれも緩《ゆる》んでいく。間近で見ようと顔を寄せると、ぱちりと閉じていた目を開けてじっと和樹の顔を見上げた。

「気持ちいい？」

そう尋ねると、恥ずかしそうにしながらもこくこくと頷く。そして、唇が小さく開いた。

「私ばっかり……」

「ん？」

「私ばっかり、気持ちよくしてもらってる……」

思いがけない言葉に、目を見開いた。そして、ゆっくりと葉月の中から指を抜く。

「そんなことないって。俺、葉月の身体を触ってるだけで気持ちいい」

するりと出た本音に、葉月は顔を真っ赤にした。

「さ、触ってるだけで？　……そんなわけないのに……な、なんで？」

「さあ。なんでだろうな」

意地悪くそう言うと、うーっと悔しそうな呻き声が聞こえてくる。まだこの行為に慣れていない葉月にはわからないかもしれない。ニヤニヤしていると、葉月はそーっと手を伸ばして和樹の胸に手を触れた。

「……どうした？」

「や、なんか……私が触られておかしくなっちゃうみたいに、和樹も気持ちよくなったらいいなあって……」

「それなら、もっと違うとこ触ってほしいな」

「違うとこ？」

首を傾《かし》げる葉月の脚に、身体を押し付ける。和樹の下半身で硬くなっているモノに気付いて、葉月はあからさまに動揺した様子を見せた。

「えっ、も、もう？　こんなに？」

「もうって……かなり前から、俺こんな感じだけど」

笑いながら言うと、葉月は恐る恐るといった様子で和樹の下半身へと手を伸ばしてきた。柔らかい指がそこに触れると、びくりと反応する。願ってもいないことだけど、予想以上の刺激に身体が強く反応する。

「あったかい……」

和樹から目を逸《そ》らしながらぽつりと呟いた葉月は、小さな手の平で先を包んだ。

「う、わ」

思わず声を漏らすと、葉月は少しだけ手に力を入れてゆるりと前後に動かしてくる。

「わ……なんか、すごい……」

その感想はどうかと思ったが、頬を赤らめながら無心に手を動かす様子にぐっとくる。たまらず、和樹は再び葉月の中へと性急に指をもぐらせた。

「あぁ、だめぇ……私が、したいの、に」

途切れ途切れに葉月が抗議の言葉を口にしたが、説得力はまるでない。易々と和樹の指を受け入れた秘所は、さらに蜜を溢《あふ》れさせてくる。

「葉月……」

耳に息を吹きかけるように囁《ささや》き、指を動かす。内壁の内側を擦《こす》るように撫でると、葉月は大きな声を上げた。

「あああああっ……あ、や、そこ……っ！」

きゅうっと中が締まり、それに抗《あらが》うように和樹のモノを扱《しご》く手のスピードも速まる。

「なんか……先、濡れてるね……」

人差し指で先端に触れた彼女が、掠《かす》れた声で言った。

「気持ち、いい？」

その声は、今まで聞いたことのないくらい艶《つや》めいていた。

彼女を好きだった期間、そして「抱きたい」と思っていた期間なら圧倒的にこちらが上だ。たどたどしい手つきながら自身に触れてくれている感動はあるが、それよりも早く彼女の中に自身を根本まで埋《うず》めてしまいたいという欲望の方が勝る。

「……限界」

そう言いながら、和樹は葉月の中から指を引き抜いた。

「ゴム、あったっけ？」

葉月から身体を離して、ベッドの下に放り投げていた鞄を手繰《たぐ》り寄せた。一番奥のポケットから目当てのものを取り出して、口にくわえてパッケージを破る。

たおやかな身体を火照《ほて》らせながらベッドに横たわる葉月の姿が、ひどく艶《なま》めかしい。彼女を見下ろし目が合うと恥ずかしげに微笑まれ、さらに気持ちが昂《たかぶ》っていく。

熱く滾《たぎ》ったモノに性急にゴムをかぶせると、葉月の秘所へと押しあてる。そして、息を吸い込むと一気に中へと埋めていった。

「あああ……」

和樹が中に押し込んだのを吐き出すように、熱い息が葉月から漏れた。根本まで深く沈めた後に、ゆっくりギリギリまで引き抜く。

「は、あああっ、や、んんっ！」

中が縋《すが》るように自身にまとわりついてきて、たまらずもう一度奥まで押し込む。それは、すぐに激しい動きへと変わっていった。

まだこの行為に慣れていない彼女には、この性急な動きはキツイだろう。けれど、こっちがこれ以上ガマンができない。

狭い中を蹂躙《じゅうりん》するように何度も往復させると、葉月の秘所からは押し出されるように蜜が溢《あふ》れてくる。それが擦《こす》れて、卑猥《ひわい》な水音を立てた。

「や、や、なんかっ……あ、やぁっ！」

それに気付いて、葉月が羞恥《しゅうち》に顔を歪めながら顔を横に向けた。その顔に手を伸ばし、自分の方へと向ける。

「だめ。葉月の顔、もっと見たい」

キスをしようと唇を寄せると、大胆にも葉月の方から舌を伸ばしてきた。それに吸い付きながら、一層激しく腰を打ち付ける。

「んんっ！　ふあ、んんんんっ！」

葉月の喉から甘い声が漏れる。和樹の動きに合わせてふるふると揺れる胸に手を伸ばし、手の平で掴む。押し付けながら捏《こ》ねるように揉みしだき、今度はゆっくりと円を描くように腰を動かした。

「あぁぁっ、や、あぁ……っ」

嬌声《きょうせい》と泣き声は、紙一重だ。

次々に与えられる快感で漏れる葉月の声は、時折泣き声にも聞こえてくる。その度、ぞくりとするような背徳感が背中を走った。

中学の時から、ずっと自分だけのものにしたかった。

葉月は、俺のものだ。

可愛がりたい気持ちと、めちゃくちゃにしたい気持ち。

好きな子をいじめたいという小学生の男子みたいな感情が、大人になった和樹の中にもまだ残っている。もしかして、自分はそういう嗜好《しこう》が強いのだろうかと、葉月と付き合い出してから思った。

それが暴走するのは、葉月相手の時のみだけれど。

「んーっ……あ、あああっ、和樹……っ」

切な気に名前を呼ばれて、葉月の全部を自分のものにしたいという荒々しい欲求が膨らんでいく。

「葉月、葉月……っ」

身体を繋げたまま何度も名前を呼び、彼女の身体に手を伸ばす。快感に耐えるようにシーツを握りしめていた手に触れると、葉月はぎゅっと和樹の手を握り返してきた。

「かず、き……あ、だめ、すごくいぃ……っあああんっ！」

びくびくと葉月の身体が揺れたかと思うと、中が誘うようにざわざわと蠢《うごめ》き始めた。たまらない感触に、一層奥深く自身を突き立ててから動きを止める。

「はぁっ……あー……っ」

ダメなのは、こっちも同じだ。ほんの少しでも気を緩《ゆる》めれば、あっという間に達してしまいそうだった。

一瞬呼吸を止め、波をやりすごしてから、和樹はチュッと軽く葉月にキスをした。

「……中学の時に、こういうことしたかったなあ」

「はっ⁉　中学⁉」

繋がったままだというのに、葉月の顔からは艶《つや》っぽさが消え、代わりに目を真ん丸にした。

「本気で言ってる？」

「本気。誰かがお前を手に入れる前に、俺が！　って結構本気で思ってたし」

中学男子なんて、そんなもんじゃないだろうか。好きな女子が他の子よりも大人な体形で、それを見て男どもが噂してるとなればなおさらだ。

自分とこうなるまで葉月が経験なく来てくれたことに、感動にも似た気持ちが湧いてくる。

驚愕《きょうがく》の表情で和樹を見つめていた葉月は、ぷっと笑い出した。

「ふふっ……和樹でも、そういうこと考えたりするんだね」

「和樹でもってことは、お前も？」

何気なく問いかけたつもりが、葉月はハッとして顔を赤くした。

「そ、そんなことない……っ」

その瞬間、葉月の中のものが反応する。びくんと大きく反り返ると、葉月もまた身体を震わせた。

「やんっ、な、に……？」

「……お前が悪い」

そう言って、またゆっくりと腰を動かし始めた。

先ほどまでの快感が途端に蘇《よみがえ》り、あっという間にイキそうになる。それを堪《こら》え、葉月の胸へと手を伸ばす。

「葉月も……もっと前に俺と、こういうことしたかった？」

低い声で問いかけながら、胸の頂《いただき》を指で摘む。すると、葉月の最奥がきゅうっと締まった。

「あああぁっ、や、んんっ……そん、な」

「だって、そういうことだろ？」

二人が繋がった部分からは、ぐちゃぐちゃと粘液のまじりあう音がする。太腿を押し開き、さらに深くへと何度も自身を打ち付ける。

「ほら……葉月、ちゃんと言えよ」

じゃないとこっちが限界だ。

葉月は虚《うつ》ろに瞼《まぶた》を開けると、とろんとした目で和樹を見上げた。

「おも……ってた……もっと前に、和樹とって……」

妖艶《ようえん》と言ってもいい表情に、滾《たぎ》った自身はさらに膨《ふく》れ上がる。

「だって……あ、あああっ、だったら、和樹も……こういうこと、他の人と……んんんっ、しなかったかなって」

思いがけない言葉に、胸がぎゅっと掴まれたようになった。

今までなら、こういう嫉妬《しっと》めいたことを言われるのは苦手だった。けど、それを本気で好きな人に言われるとこんなに嬉しいんだと、初めて知った。

「葉月……っ」

力いっぱい腰を打ち付け、彼女の中を何度も往復する。

「あああ……や、だめ、和樹、いっちゃうっ……！」

ひときわ激しく奥がうねったかと思うと、きゅうっと全体が和樹のものを締め付けた。

「あああぁんっ‼」

高い声と共に葉月の背中が仰け反り、びくびくと身体がしなる。それに連動して断続的に自身を締め付けられては、もう限界だった。

「葉月、俺も……っ」

和樹は一番奥まで自身を突き立て、そして薄い膜越しに彼女の中へ全ての精を吐き出した。

熱い身体を抱きしめながら、身体がびくびくと震える。そんな和樹に、葉月がふわりと手を上げ首に巻き付いてきた。

「好き……和樹。私、中学の時も、きっと和樹のことが好きだった……」

——きっと、ってなんだよ⁉

そんな突っ込みを心の中で入れつつ、和樹はさらにぎゅうっと強く葉月のマシュマロのような柔らかい身体を抱きしめた。

「そういえば、中学の同窓会があるって話……聞いた？」

和樹の腕の中でうとうととまどろんでいた葉月は、突然ぱちっと目を見開いたかと思うとそう言った。

「聞いてない。なんでまた？」

「来年で、ちょうど中学卒業十周年でしょ？　それに、隣の中学校と合併になるからって、あの校舎は取り壊しになるんだって」

「え、そうなんだ」

さすがに通っていた校舎が取り壊しと聞くと、寂《さび》しさが込み上げる。

「生徒会長だった子が言い出して、その前に一回学校に集まろうって。もちろんその後、飲み会とかやるんだろうけど……地元では盛り上がってるみたいだよ」

「へえー……」

中学の同級生とは卒業してからほとんど縁がなく、それほど会いたい人がいるわけでもない。そこまで興味が持てずに気の抜けた返事をしてから、ハッと気付いた。

「お前、行くの？」

「え？　うーん……どうしようかな。友達には会いたいけど、男子とか……ちょっと、苦手だったし」

「苦手？」

「ほら、胸が大きいとか、太ってるとか……よくからかわれて、イヤだったから」

葉月は和樹の胸に額をつけると、表情を隠した。

「それって……その男子にとってお前が気になる存在だったってことだと思うけど」

「そんなことないよ、絶対」

中学の時から葉月はぽっちゃりとしていたが、どちらかというとそれをネタにからかわれているだけで、むしろ彼女と仲良くしたい連中は多かったように思う。

しかし、葉月にとってはその経験がコンプレックスを植え付ける原因になってしまったようだ。

それには少なからず自分も加担しているので、少々辛い。

「一緒に行くか？」

頭を撫でながら言うと、葉月は胸から顔を離して和樹を見上げた。

「一緒に……？　え、いいよ。だって和樹にイヤな思いさせちゃうもん」

「イヤな思い？　なんでだ？」

「え……だって和樹、中学の時からモテてたでしょ？　その彼女が、私かよって」

「むしろ俺は、お前と一緒に行きたいけど」

絶対に信じないだろうが、一部の男子の間では密かに人気のあった葉月だ。「葉月は俺の彼女だ」と、当時の同級生に知らしめたい気持ちもある。

それに堂々と彼女を連れて行くことで、彼女のコンプレックスが少しでもなくなればいいという気持ちもある。

「お前もさっき言ってたじゃん。中学の時に、こういうことしたかったたって」

何がなんだかわからないという顔をしていた葉月は、数秒の沈黙ののちにみるみる顔を紅潮させた。

「まさか……とは、思うんだけど」

「校舎が建て替わるんなら、ラストチャンスだな」

ニヤニヤしながら葉月の胸へと手を伸ばすと、それをパチンと撥《は》ねられた。

「ありえない!!　ていうか、私は中学の時にしたかったなんて言ってない！」

「あれ、そうだっけ？　でもそういうことだろ？」

「ち、ちがう！　そういうことじゃないってば」

葉月が慌てふためく様子がおかしくて、和樹はくすくす笑った。

校舎の中で叶わなかった夢を――と言っても決していかがわしいことではなく、ただ、並んで校舎を歩きたかった。中学時代にはお互いに意識しすぎて、できなかったことだ。

大きな誤解をしている葉月には、面白いから本心を打ち明けないことにする。

「じゃー決定。一緒に行くぞ。あ、制服持って行くか？」

「和樹のばかっ！」

ぷんぷんと怒る葉月を、和樹は笑いながら腕の中に閉じ込めた。

「二十周年も三十周年も、一緒に参加できるといいな」

「もう！　そんなの……って、え、あ、えええええっ⁉」

一緒にずっと歩んでいくための契約は、まだ先のつもりだけど——。いつか葉月が、自分の隣を歩んでくれる日はきっと来るだろう。今よりももっと、自分に自信を持って。

真っ赤になった葉月の手を取ると、和樹は薬指に甘いキスを落とした。

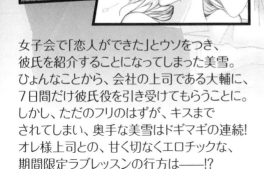

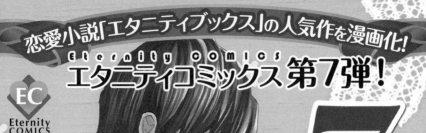

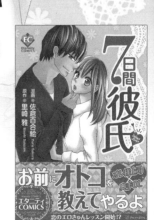

里崎 雅（さとざき みやび）
北海道在住。幼少より趣味で書いていた小説を、2011 年から Web サイトにて公開。趣味は読書と音楽鑑賞。
「7 日間彼氏」にてデビューに至る。

イラスト：兼守美行

本書は、「小説家になろう」（http://syosetu.com/）に掲載されていたものを、
改稿のうえ書籍化したものです。

コンプレックスの行《い》き先《さき》は

里崎 雅（さとざき みやび）

2015年2月28日初版発行

編集－本山由美・宮田可南子
編集長－塙綾子
発行者－梶本雄介
発行所－株式会社アルファポリス
〒150-6005東京都渋谷区恵比寿4-20-3恵比寿ｶﾞｰﾃﾞﾝﾌﾟﾚｲｽﾀﾜｰ5階
TEL 03-6277-1601（営業） 03-6277-1602（編集）
URL http://www.alphapolis.co.jp/
発売元－株式会社星雲社
〒112-0012東京都文京区大塚3-21-10
TEL 03-3947-1021
装丁イラスト－兼守美行
装丁デザイン－ansyyqdesign
印刷－中央精版印刷株式会社

価格はカバーに表示されてあります。
落丁乱丁の場合はアルファポリスまでご連絡ください。
送料は小社負担でお取り替えします。

ISBN 978-4-434-20338-1 C0093